Ephémère

Joël Pelé

Photo de couverture : Denise Pelé.

Du même auteur :

Des jours presque ordinaires - Editions les 2 encres (2012)
Aux confluents de la vie - Editions les 2 encres (2013)
Je t'attends - Editions Baudelaire - BoD (2018)
C'est long l'éternité - BoD (2018)
Un village tranquille - BoD (2019)
L'homme qui voulait imiter Zorro - BoD (2020)
Le cahier rouge - BoD (2021)
L'inaccessible étoile – Bod (2022)

Contact auteur : joël.pele@orange.fr

© 2023 Joël Pelé
Édition : BoD - Books on Demand, info@bod.fr
Impression : BoD - Books on Demand, In de Tarpen 42, Norderstedt (Allemagne)
Impression à la demande
ISBN : 978-2-3224-8767-7
Dépôt légal : Novembre 2023

A mon épouse Denise qui m'a accompagné et guidé par ses précieuses critiques dans l'écriture de ce roman.

A ma famille, enfants, conjoints et petits enfants,

A mes amis :
Dominique Berthemont et Guy Fribault
Brigitte et Gérard Lefebvre
Eliane et Jacques Moret
Catherine et Jean Marie Raimbault…

Qui ont su, comme à chacun de mes romans, corriger mes fautes de frappe… et les autres et me témoigner leur ineffable amitié.

A tous ceux, les amis et les autres qui m'interrogent sur le déroulement de mes écrits et attendent leur parution.

A tous ceux que j'aime

Une mauvaise action trouve
toujours sa récompense

Michel Audiard.

La tristesse vient toujours
de la solitude du coeur

Charles de Montesquieu

Les stations balnéaires sont quasiment désertes en hiver. Le vent, la pluie, mais surtout le froid, font fuir les touristes, à l'exception de quelques férus des embruns marins et des brouillards maritimes. Rien à voir avec l'été. Les commerces sont, pour la grande majorité d'entre eux, temporairement fermés. Ne subsistent que quelques boutiques pour répondre aux besoins des autochtones.

Alexandre Leneveu, après avoir subi une opération chirurgicale, vient se reposer chez sa grand-mère. Elle habite un tout petit village de pêcheurs sur la façade Atlantique. Avant d'être à la retraite et après la disparition brutale de son mari, elle tenait une épicerie, sur le port. Elle a vendu son commerce à un jeune couple courageux pour aller s'installer quelques pas plus loin dans l'ancienne maison d'un tailleur que les grands magasins de vêtements ont ruiné. De ses fenêtres la vue est superbe, autant sur le port que sur le grand large.

C'est avec plaisir qu'elle reçoit son petit-fils pour sa convalescence. Elle sait que son moral n'est pas au beau fixe et compte sur la cure d'iode dont il va profiter pour le lui remonter. Par ailleurs le calme, la beauté de l'endroit vont, elle en est certaine, lui rendre la santé. Elle va le bichonner, lui préparer des petits plats appétissants et sains. Elle sait également qu'il aime la mer, les vagues, les bateaux, la criée au retour de la pêche. Cela va le changer de la grisaille, du bruit, du stress d'une grande ville. Et puis, il lui faut bien l'admettre, elle va profiter de sa présence pour donner du sens à une vie plutôt monotone.

Il est arrivé le dernier dimanche d'octobre dans l'après-midi.

Le ciel, sous la domination d'un vent léger, fait alterner nuages et éclaircies. La température est clémente. Le thermomètre affiche allègrement 19 degrés, battant tous les records. Du jamais vu depuis des décennies et même sûrement bien au-delà. Après un été caniculaire qui a grillé la végétation et quelques pluies abondantes en septembre, la flore a repris de la vigueur. Les salicornes, les matricaires, la gaura rouge, la sauge et bien d'autres plantes ont repris de la couleur et arborent leurs fleurs comme aux meilleurs jours du printemps. Si cela émerveille la plupart des gens, ce n'est pas non plus sans inquiéter la population. Le réchauffement climatique, malgré la négation de quelques détracteurs en quête de notoriété malsaine et guidés par des intérêts financiers ou politiques, impose son empreinte de façon qui parait durable et irréversible avec toutes les conséquences qui s'en suivent. Pour l'instant, ces douces températures offrent aux jardiniers une indicible satisfaction. Le chatoiement de couleurs représente un décor à la fois magnifique et apaisant. Ce n'est pas pour autant le remède miracle pour oublier les menaces que fait peser la guerre à un peu moins de deux mille kilomètres de nos frontières. Guerre inique menée par un dangereux personnage froid comme la glace au nom d'une certaine idéologie. Un grand criminel qui a rejoint au panthéon des salauds un certain nombre de dictateurs fanatiques.

Alexandre descend lentement de la voiture de ses parents. Un discret sourire s'échappe de ses lèvres. Il tient, malgré l'insistance de sa parenté, à porter lui-même sa valise. Il ne veut en rien exagérer l'importance de son état. Martine, la grand-mère l'accueille les bras largement ouverts, montrant sans conteste sa joie de le recevoir. Il est là théoriquement pour deux semaines. Le petit-fils et l'aïeule sont tombés dans les bras l'un de l'autre. La mère du jeune homme, semble beaucoup moins enjouée. Être séparée de son garçon dans les circonstances actuelles ne l'enchante guère.

Le médecin a insisté. La ville et ses turbulences ne valent rien pour le repos indispensable après une opération chirurgicale. Un endroit calme, aéré serait plus propice. Lorsqu'il a appris que la grand-mère paternelle habitait au bord de la mer, il n'a pas hésité une seconde à conseiller un séjour minimum de quinze jours sur les plages de la grande bleue. Un déchirement pour la mère. Une acceptation non feinte du malade qui adore son aïeule. Le père lui, comme à chaque fois qu'il revient au pays, est assailli de souvenirs. Il retrouve la plage où il a tant de fois pris des bains et pas seulement en plein jour, les rochers où avec ses copains il se livrait à la pêche aux coquillages, le port... Il se remémore les filles l'été, légèrement vêtues, les rires et les jeux d'adolescents, derrière les dunes. Peu de ses amis sont restés dans le village, ils ont presque tous fui à la ville en quête de modernité, de mouvements, de découvertes. Il s'en veut parfois. La vie est si différente dans les grandes cités impersonnelles. Marc Cherron, le maire du village, fait figure d'exception. Il informe volontiers qui veut l'entendre qu'il a le cœur et le corps chevillés à son bled. Il est fier d'y être né, de le servir encore et toujours. Fier, oui ! De le servir... cela parait moins évident à ceux qui pensent le connaitre et ne l'aiment guère. Une minorité qualifiée d'envieux, furieux d'être continuellement perdante aux élections municipales. Selon eux, l'édile est un être particulier. On… Voilà bien un mot ambigu, empli de secrets, de connivences, ou de sous-entendus parfois malsains. On… chuchote, ici et là, qu'il n'a pas toujours eu une vie exemplaire mais personne n'apporte d'éléments pour étayer les dires. On… laisse planer quelques malversations, quelques mauvaises actions, sans préciser quand, ni où, ni lesquelles. Et puis, il défend bien la commune auprès des administrations concernées aidé en cela par un titre de vice-président du Conseil Régional. Ce n'est pas rien. La majorité des habitants de la commune lui en est reconnaissant. Un édile bien placé est toujours un avantage non négligeable pour une cité. Le reste ne regarde pas les administrés. Ce dont le père se souvient le plus, bien qu'il n'ait que dix ans à l'époque, c'est de l'ouragan des 15 et 16 octobre 1987. Le vent soufflait à plus de 180 kilomètres à l'heure. Les vagues avaient submergé les digues du port, les bateaux tanguaient à mort, certains même avaient coulé. Le bruit était infernal. Les vagues devenues des vrais murs d'eau grondaient comme le feu de l'enfer. Le curé du village avait célébré une messe pour demander à Dieu d'apaiser sa colère. Le Divin mit du temps à entendre les prières des paroissiens, mais avait fini par se laisser apitoyer. Oui, les souvenirs le submergent à chacun de ses retours au pays, mais il sait qu'il lui faut repartir. Le travail, les amis, la vie, et le reste.

    Les parents sont retournés vers leur ville, aux alentours de vingt-et-une-heures. Ils affichaient une tristesse de bonnets de nuit en se séparant de leur dernier rejeton pour la première fois de son existence. Ils l'ont toujours sérieusement couvé, sachant sa santé relativement fragile. Plus de deux heures de route les attendaient avant de retrouver le domicile banlieusard.

Alexandre est ravi. Sa chambre est vaste, lumineuse, située plein ouest. Les drisses des bateaux frappent les mats métalliques en un concert de musique futuriste. La vue est idyllique. Le halo des lampadaires diffuse une lumière orangée. Le contraire de celle de sa piaule en ville, exiguë n'offrant que la vue restreinte de grands immeubles plus ou moins modernes mais tous aussi laids. Il n'a pas tardé à se coucher, le voyage l'ayant un peu épuisé. Là, il se sent bien. Ce n'est pas qu'il déteste ses parents, loin de là, mais leur trop grande attention à son égard est parfois un peu pesante. A dix-neuf ans il aspire à plus de liberté, à moins de regards interrogateurs et anxieux.

Après avoir partagé le copieux petit déjeuner préparé par sa mamie comme il l'appelle affectueusement, Alexandre l'avise qu'il va se promener. Sans doute ira-t-il sur le port avant d'emprunter le sentier côtier qui serpente au-dessus de la crique et continue à longer la mer jusqu'à la plage principale. La vieille femme, ravie de constater qu'il ne veut pas rester dans ses jupons, approuve sans réserve son initiative :

- Tu vas voir, ton séjour ici va te remettre sur pieds. La marche c'est, par ce temps quasi printanier, le meilleur moyen pour retrouver la forme.

Alexandre sourit et répond qu'il en est certain.

Dès le premier jour, une connivence s'installe entre eux. Il dépose un baiser sur la joue toute ridée de la femme âgée qui, tout à coup, rajeunit de vingt ans. Leur entente est totale, leurs sourires complices.

Il se rend d'abord sur le port. Le ciel est semblable à celui de la veille, changeant au gré d'un vent léger. Il marche d'un pas tranquille se gavant de cet air marin, pur comme du cristal qu'il respire à grandes goulées, si abondamment qu'il en suffoquerait presque. Merveilleux moment de félicité. Comment après de telles sensations regretter la ville grouillante de monde, asphyxiée par les gaz d'échappement des voitures qui circulent à la queue leu leu ? Comment ne pas apprécier le calme ambiant qui le change du tintamarre constant des klaxons actionnés par des conducteurs nerveux et pressés ? Il se rend jusqu'au phare qui indique le début du chenal. Il se sent revivre, loin de l'hôpital, du corps médical, de l'angoisse parentale. Il prend son temps, procède par étapes, s'assoit sur les bancs providentiels et se repaît de l'immensité de cet océan au repos, dont on ne perçoit, au loin, aucune limite si ce n'est le ciel lui-même.

Il longe le quai bordé de magasins, dont la moitié est fermée pendant la période hivernale. Seuls deux cafés, un restaurant, une pharmacie et l'épicerie, qui appartenait jadis à sa famille, sont ouverts. En ce matin de fin octobre, l'activité est pratiquement nulle. La rue est à lui. Un marin pêcheur entasse des casiers et des nasses sur son bateau qui, s'il n'est pas d'hier, affiche quand même une belle allure. L'homme, sans le connaitre, lui fait un signe de la main pour lui souhaiter le bonjour. Politesse qu'il rend aussitôt avec un sourire avenant. Ce geste serait complètement incongru chez lui, dans sa ville. Ici il revêt la simplicité des relations entre les êtres humains. Au bout du quai, il bifurque légèrement sur la droite pour emprunter le sentier côtier.

Debout sur le chemin il surplombe la crique que la mer noie totalement à marée haute. Ce matin elle s'est retirée.

Loin.

Son regard est attiré par une jeune fille qui sur la petite plage se livre à un curieux manège. Sa chevelure brune ondule à chacun de ses mouvements, frôlant la base de son cou. Habillée d'une longue robe décolletée bleue et blanche, elle trace à l'aide d'un râteau et d'un bâton, sur le sable humide, une figure géométrique faite de lignes droites, de courbes et d'arabesques. De temps à autres elle plante dans le sable un petit piquet auquel est nouée une ficelle pour délimiter la suite de son œuvre. Elle semble complètement absorbée par son art. Elle s'en éloigne pour mieux constater le résultat puis saisit le râteau, ratisse une partie de son ouvrage, sans doute pour lui donner du volume. Elle hoche la tête sans que le témoin de la scène sache si c'est de contentement ou de doute. Alexandre est fasciné par la précision des gestes, par la débauche d'énergie de cette jeune femme qui doit avoir, approximativement le même âge que lui. Il aimerait bien descendre sur la plage pour discuter avec elle, afin de l'interroger sur son penchant pour l'art éphémère. Mais il sent profondément qu'il risque de déstabiliser l'artiste. Il se décide à rester là, debout, spectateur d'un événement dont il ne comprend pas le but. Dans quelques heures l'océan viendra effacer entièrement le chef-d'œuvre. Alors ! Pourquoi tant d'énergie pour une œuvre temporaire dont la créatrice aurait également été, sans sa présence à lui, la seule spectatrice en ce dernier matin d'octobre où les touristes se font plus que rares ? Pourquoi en cette période où l'égocentrisme règne en maitre absolu, une artiste ne cherche pas à faire mieux connaitre son œuvre et son talent ? Pourquoi cette démarche qui privilégie l'éphémère au détriment de la longévité et d'une éventuelle renommée. ?

Questions sans réponses.

L'artiste semble satisfaite d'elle-même, de ce qu'elle vient de créer et pourtant elle sait que dans quelques heures l'élément liquide détruira sa superbe réalisation. Elle le sait et surtout, elle l'accepte. Peut-être même le désire-t-elle. Pourquoi ? Nouvelle question, sans réponse. L'inconnue poursuit inlassablement son œuvre. Elle affiche la même fougue, le même désir de parfaire son ouvrage avec une identique application.

Elle est seule au monde.

Pendant près d'une heure, sautillante, légère comme une libellule, elle trace, ratisse, délimite. A aucun moment Alexandre ne voit le temps s'écouler. Cette jolie jeune femme l'accapare totalement. Il n'éprouve pas seulement de la curiosité. Ce qu'il ressent est inexplicable. Si quelqu'un l'interrogeait sur ses motivations à être spectateur, il ne saurait donner aucun indice satisfaisant. Lui, ne s'interroge pas. Il n'en ressent pas le besoin. Il reste là, simplement, sans trop savoir pourquoi ni ce qu'il attend.

Après un dernier examen (apparemment satisfaisant) de l'ensemble de sa réalisation, l'artiste pose les petits piquets, les ficelles et une paire de tennis blanches dans un sac en plastique qu'elle saisit de sa main gauche. La droite tient fermement le râteau et le bâton traceur. Elle emprunte allègrement la pente pour retrouver le chemin côtier. Ce n'est en vérité qu'une étroite sente pentue dessinée par les nombreux passages piétonniers entre les rochers, sur laquelle deux personnes ne peuvent passer de front. Arrivée au sommet, elle chausse ses tennis et repart sans prêter attention au jeune homme devant lequel elle passe. Celui-ci est complètement stupéfait. Il l'est tellement qu'il émet, à voix basse, un inaudible bonjour, que la jeune femme ne peut absolument pas entendre. Il la regarde bifurquer, d'un pas alerte, dans un sentier et s'enfoncer dans le bois de pins. Il a eu juste le temps de voir ses yeux verts magnifiques et qu'elle est plutôt jolie. Cette fille est un feu follet, une apparition furtive, peut-être aussi éphémère que son art. La reverra-t-il un jour ? Il n'en parierait rien. Le monde est décidément peuplé d'étranges créatures. Il rejoint la petite plage pour voir de plus près l'énigmatique production. Il descend prudemment la sente. Il n'a pas la souplesse de la demoiselle. L'œuvre ne mesure pas moins de vingt-cinq à trente mètres carrés. Elle est encore plus abstraite que vue d'en haut. Il en fait le tour, à pas mesurés, espérant trouver la clé qui lui permettra d'entrer dans le secret de ces enchevêtrements difficilement déchiffrables. Il n'est pas loin de ressentir ce qui a pendant des années tracassé la plupart des égyptologues en découvrant les hiéroglyphes. N'est pas Champollion qui veut. C'est indéniablement beau, mais sacrément hermétique

Tout en reprenant le chemin de la maison de son aïeule, il se promet de revenir le lendemain matin sur les lieux. On ne sait jamais. Cette jeune femme l'intrigue et l'attire en même temps. Elle cache quelque chose. Mais quoi ? Il aimerait savoir. Elle occupe tout son esprit et il trouve cela excitant. Voilà qui le change de la monotonie des semaines qui viennent de s'écouler : L'hôpital aseptisé, les couloirs sans fin, la chambre nue, le lit métallisé auquel est fixée la perche à perfusion, le poste de télévision rivé au mur constamment allumé. Le personnel revêtu des éternelles blouses blanches, roses ou vertes. Il ne veut même pas évoquer les heures qui s'évertuaient à flâner et tout le reste, notamment une nourriture passablement fade. Industrielle. Il refuse même de se remémorer les nuits au cours desquelles, les portes des chambres demeurées ouvertes, il entendait les gémissements plaintifs d'un malade perturbé. Une envie de crier : Faites-le taire ! Un lieu de soins intenses. Un service que pourtant la grande majorité du monde nous envie. Il y a trouvé, il ne peut pas le nier, un peu d'humanité, mais de façon trop brève. La charge de travail des employés est bien trop importante pour qu'ils puissent instaurer, malgré leur désir, une relation sécurisante avec les patients et leurs angoisses récurrentes.

De retour chez sa grand-mère, il lui parle de cette jeune femme qu'il a aperçue sur la plage sans faire état du trouble qui l'envahit. Il prétend seulement chercher à savoir si son aïeule la connait et pourrait expliquer son comportement. Cette dernière ouvre des yeux aussi grands que l'océan lui-même :

- Une brune avec des yeux verts, dis-tu ?

- Oui, et à peu près de mon âge, enfin c'est ce qui m'a semblé.

- Franchement, je ne vois pas. Je cherche, mais je ne connais pas cette jeune fille. C'est étonnant parce je suis native d'ici et peux me vanter de connaitre tout le monde. Avec mon ancien commerce, personne ne m'est inconnu, en tout cas en cette saison. Tu dois t'en douter. Non ! Et en plus, elle semble un peu particulière quand même.

La vieille dame se frotte lentement le front, croise les bras, offre une moue significative de son étonnement de ne pas trouver :

- Ce n'est pas quelqu'un d'ici. J'en suis aussi sûre que je m'appelle Martine.

Alexandre, s'amuse de la mimique de sa grand-mère qui ne sait pas cacher ses sentiments :

- Ce n'est pas grave, mamie. C'était juste une question sans importance, simplement pour savoir. C'est tout.

- Bon, alors à table, je t'ai préparé, pour commencer un plateau de fruits de mer, suivi d'un pavé de bœuf avec du choux fermenté et enfin un laitage de ma fabrication. Ça va te retaper. Ça te va ?

- Il faudrait être difficile. Tu es une véritable fée pour moi, mamie.

- Alors on mange et puis après nous irons à la crique, je veux voir ce chef d'œuvre dont tu m'as parlé avant que la mer le recouvre. Ça m'intrigue quand même un peu ce truc-là… En y réfléchissant bien, il y a une vingtaine d'années, le comité des fêtes a organisé ce genre de manifestation, à la crique également. Ton grand-père et moi, nous n'avons pas pu y aller. A l'époque, en juillet et août, on travaillait sept jours sur sept et de huit heures le matin à vingt-deux heures le soir. Mais je me souviens que l'on m'avait dit qu'il n'y avait pas eu beaucoup d'artistes à avoir répondu. Quatre ou cinq pas plus. Les membres du comité étaient très divisés sur le sujet et ils n'avaient pas reconduit l'opération. Mais il n'y a sûrement pas de rapport. Ton artiste à toi, elle n'était pas née ou alors, c'était un bébé. J'en parlerai quand même à Edouard Desrues. Il faisait partie du comité des fêtes à cette époque-là. On rangera la table après. La marée n'attend pas.

Ils partent bras dessus bras dessous.

Faut voir comme elle est fière Martine au bras de son petit-fils. Ils marchent lentement. Au gré de leur déambulation, l'aïeule l'informe des changements récents, pour telle ou telle propriété, tel ou tel futur commerce, des travaux entrepris pour favoriser les accès, au port ou à la grande plage. Alexandre écoute, heureux, décontracté. Une fois arrivés sur le sentier qui surplombe la crique ils constatent qu'ils ont bien fait de ne pas trainer. La mer n'est plus qu'à quelques mètres du chef-d'œuvre. Martine s'étonne :

- C'est beau à voir, mais ça ne ressemble à rien de... comment dire... de concret.
- Non, c'est de l'art pour l'art.
- Moi, j'aime bien quand ça représente quelque chose, mais bon, tout évolue, tout change, même les goûts et les couleurs. Non, sans rire, c'est harmonieux, c'est vrai, mais, bon...

Alexandre hausse les épaules devant la moue significative de la vieille dame.
- Hé oui, mamie. Moi, je trouve ça joli.
- Et l'auteure aussi, je suppose ?
- Aussi. Oui.

Il a répondu trop vite. Trop instinctivement. Martine sourit. Elle a deviné que son petit-fils n'est pas indifférent au charme de la demoiselle. Elle se dit que c'est beau d'être jeune et d'avoir un cœur qui s'enflamme à la vue du moindre jupon qui s'agite et d'une coiffure qui ondoie.

Ils s'assoient sur le banc de bois et suivent l'envahissement des eaux qui submergent un peu... Beaucoup... Complètement l'œuvre qui se laisse engloutir jusqu'à sa disparition totale. Ce n'est pas une mer sauvage, déchaînée. C'est un océan paisible, sûr de lui, qui s'avance, précédé d'un peu d'écume blanchâtre teintée de sable brun. L'élément liquide efface les souillures du genre animal et humain qui ne savent que dégrader le monde initial. Il sait qu'en définitive il aura le dernier mot. Alexandre est déçu. Il espérait secrètement que l'artiste allait assister à l'effacement progressif de sa réalisation. Parce qu'après tout, ce devait être le but qu'elle recherchait, l'aspect éphémère, l'anéantissement de l'œuvre par une force puissante. Cette jeune femme est décidément une énigme. Il a toujours été tenté par la difficulté, le désir de résoudre ce qui suscite le questionnement. L'aïeule le regarde discrètement du coin de l'œil. Elle perçoit le trouble furtif de son petit-fils et tente d'y mettre fin :

- Allez, on rentre, on range la cuisine et ensuite on s'offre une petite sieste.

Quelques timides gouttes de pluie s'égarent, inutiles, sur les branches des pins.

Pendant qu'Alexandre se laisse envelopper par une douce torpeur, la vieille dame, en femme d'action qu'elle est restée, décide de passer aux actes. Elle téléphone, presque à voix basse à Edouard Desrues, l'homme qui jadis faisait partie du comité des fêtes. Elle souhaite le rencontrer pour lui parler de la manifestation d'œuvres éphémères organisée il y a une bonne vingtaine d'années.

L'homme ne s'étonne pas de la demande de l'ancienne épicière. C'est une vieille femme agréable. Sans doute comme tous les gens de son âge, accrochée au passé. Le rendez-vous est pris chez Martine, pour le lendemain à dix heures trente. L'aïeule se dit qu'elle incitera le gamin à sortir, tout en étant persuadée qu'elle n'aura pas besoin d'intervenir. Elle est prête à parier qu'il voudra aller voir, à cette heure de marée basse, si la jeune artiste est de retour sur son terrain d'expression. Elle est ravie. Son petit-fils la sort de sa routine, de sa vie toute tracée de femme âgée et seule. Elle sait que c'est temporaire et compte bien profiter de son séjour chez elle, pour renouer avec la vie. Cette vie qui lui a parfois souri, mais aussi causé bien des soucis, surtout au moment du départ de son conjoint vers l'au-delà la laissant seule et désemparée.

Cela a été si brutal.

Le matin il vaquait normalement à ses nombreuses occupations. Le midi il s'était plaint d'un peu de fatigue. En fin d'après-midi, alors qu'il était parti se reposer dans la chambre, elle l'avait trouvé sans vie, gisant sur le lit. Moment de panique totale. Vide abyssal. Refus de croire à cette réalité innommable. Immense peine face à cet odieux destin. Impression que la terre vient de s'arrêter de tourner. Comment survivre après cela ? Et tous les souvenirs qui s'accumulent à la suite d'une vie bien remplie vécue à deux. Les larmes qui s'enfuient bien malgré elle qui se veut forte. La chambre mortuaire froide, baignée dans une discrète lumière verte. Le défilé de la famille, des amis... et des autres aussi. Les embrassades pleines de sentiments et celles plus ou moins convenues. Les fleurs. Le partage des moments passés avec le défunt. La rupture définitive. L'ultime baiser. Le couvercle du cercueil qui se referme. La messe d'adieu. Le défilé sans fin de tous ceux qui le connaissaient bien... ou un peu pendant que l'harmonium fait entendre un air de circonstance. Et puis le pire. Le cimetière, le trou béant, le cercueil qui descend vers l'abîme. Le retour. La maison vide. L'absence et le souvenir pour nouveaux compagnons.

Et la vie qui reprend tout doucement ses droits.

Conformément à ce qu'elle pensait, Alexandre est sorti faire un tour. C'est en tout cas ce qu'il a prétendu. La grand-mère n'est pas dupe. Elle n'a rien répliqué. Cela sert son dessein.

Desrues, un malade de l'exactitude, est arrivé à dix heures trente comme prévu, à une minute près.

Assis dans les fauteuils du salon les deux autochtones entrent directement dans le vif du sujet. Ils se connaissent depuis longtemps quand bien même l'ex-épicière, qui n'était pas avare de bonbons pour ses jeunes clients, affiche une trentaine d'années de plus que son visiteur.

- Voilà, je voulais te rencontrer parce qu'hier, mon petit-fils, que j'ai en garde en ce moment pendant deux semaines minima, a vu une jeune fille tracer sur la plage de la crique ce qu'il est coutume d'appeler une œuvre éphémère. C'est rare. Pour ma part, je n'ai jamais assisté à ce genre d'événement. Il m'est revenu à l'idée qu'avec le comité des fêtes, tu avais organisé un truc semblable.

- C'est vrai. Il y a exactement vingt-deux ans. Ça faisait partie des projets de la commune pour fêter le passage au deuxième millénaire.

- Est-ce que tu sais ce qui pousse ces... artistes à se livrer à ce passe-temps qui me parait un peu absurde. Ils bossent en sachant que la mer va tout effacer. Bizarre, non ?

- On peut penser ça en effet. Je n'ai rencontré ces gens-là qu'une seule fois. Ils ne m'ont pas paru farfelus. Pour ma part, je n'étais pas favorable à ce genre de manif. Marc Cherron, nouvellement élu maire, a beaucoup insisté. Il prétendait que c'était original. Qu'en organisant ce genre de manifestation on allait attirer du monde, ce qui est toujours bon pour une petite station balnéaire comme la nôtre. Les spectateurs, il est vrai, étaient assez nombreux. En revanche, il n'y avait que cinq personnes à relever le défi. Trois hommes et deux femmes. Quand on y pense heureusement parce que cette plage n'est pas très grande. S'il y avait eu plus de candidats, nous aurions eu des problèmes. Les réalisations étaient plutôt de qualité. Notre cher édile faisait partie du jury et il a eu la voix prépondérante pour que l'artiste qui a obtenu le premier prix soit l'une des deux femmes. Je dois reconnaitre qu'effectivement, elle était la plus douée. Mais tu le sais aussi bien que moi, certains ne partagent pas les avis de notre maire et avaient voté pour un homme, à mon sens pour le faire chier, excuse le terme. J'ai discuté un peu avec chacun. Ils prétendaient tous qu'ils imitaient la vie qui, comme on le sait est éphémère. C'est ce qui fait qu'elle est belle, voire précieuse et que l'éternité serait d'un ennui mortel. Que tout ce qui vieillit se fane, se flétrit, perd de son éclat un jour. Certains pensaient qu'il s'agissait là d'une sorte de méditation. En tout cas c'est ce que prétendait la lauréate. Pour d'autres, grâce à la vidéo, aux photos et articles des journaux, c'était un moyen de se faire connaitre. A chacun son avis. Je ne te cache pas que je ne partageais pas le leur. Mais bon, chacun a le droit de penser ce qu'il veut. Donc tu disais qu'hier matin, une jeune fille se livrait à ce genre d'occupation.

- Oui, et d'après mon petit-fils elle est douée. Je suis persuadée que ce n'est pas une gamine du village, j'en suis même certaine. Telle qu'il me l'a décrite, je ne vois pas qui c'est. Et je me vante de connaitre tous ceux qui habitent ici, enfin, à l'année. Par ailleurs, ce n'est pas le genre de prestation qui me fascine. Moi, tu sais, j'ai les pieds sur terre. J'aime ce qui représente quelque chose et qu'on peut regarder de temps en temps rien que pour le plaisir. Alors, un truc, même s'il est joli, qui disparait avec la marée…

L'homme émet un sourire de complaisance :

- Je partage ton étonnement. En vingt-deux ans je ne me souviens pas non plus avoir eu connaissance d'un dessinateur de fresques éphémères. C'est vrai que cet art interroge. Et puis à quoi ça sert ? Surtout en ce moment. Il n'y a pas de touristes pour contempler son chef d'œuvre. A part le plaisir de créer je ne vois pas trop ce qui l'anime.

Son visage exprime une profonde concentration. Un questionnement intérieur qu'il condescend à rendre audible :

- Auprès de qui je vais pouvoir me renseigner ? Bon, je vais voir.
- T'es pressé ?
- Non, pas vraiment.
- Alors je t'offre un apéro.
- D'accord !

Au moment où l'ancien membre du comité des fêtes s'apprête à rejoindre ses pénates, Alexandre franchit la porte de la maison. Ses cheveux dégoulinent de pluie. Ses vêtements sont imbibés d'eau et de taches brunes. Martine est effarée :

- Où étais-tu passé malheureux ? Avec ce temps de chien je m'inquiétais. Va vite te changer. Si tes parents te voyaient dans cet état, ils me feraient une scène terrible et ils n'auraient pas complètement tort.

- Ils ne me verront pas, mamie. Et puis je ne suis pas en sucre.

Le jeune homme se dirige vers sa chambre, se dévêt entièrement pour revêtir des effets secs. Après un dernier coup de peigne il réapparait pimpant. Martine se livre alors avec plaisir aux présentations. Les deux hommes échangent une poignée de mains virile. En plaisantant le visiteur demande si la grand-mère traite bien son petit-fils ? Celui-ci répond par l'affirmative en précisant qu'il n'a rien à lui reprocher, loin s'en faut. Son hébergeuse est sympa, la soupe est bonne, le lit confortable et l'air marin salvateur. Que demander de plus ?

Martine est aux anges. Ce gamin illumine ses journées. Elle pose quand même la question qui lui brûle les lèvres :

- Malgré ce fichu temps soudain est-ce que l'artiste était sur la plage ?

Alexandre hésite quant à la réponse qu'il doit donner. Il émet un oui qui se veut neutre, prétend que le dessin de la demoiselle, était strictement identique à celui de la veille ce qui dénote un manque de créativité notoire et surprenant. Il est donc resté peu de temps à regarder. L'averse brutale qui s'est soudain déchainée a tout détruit et l'artiste s'est enfuie en courant. Apparemment dépitée. Il a heureusement trouvé refuge sous un abri bus et attendu que le déluge cesse pour revenir au village. Martine n'est pas pleinement convaincue par le discours de son petit-fils. Elle n'en fait pas état, d'autant moins que la présence de Desrues rendrait le propos inconvenant. Elle propose un nouvel apéritif, que les deux hommes ne refusent pas. Les verres s'entrechoquent à nouveau. Chacun donne un avis favorable sur la qualité du breuvage concoctée par l'aïeule, ce qui empli de fierté la vieille dame. Desrues assure qu'il va tenter de savoir qui est cette inconnue, sans promettre quoi que ce soit. Nouvelle poignée de mains. Promesse de se revoir. Sourires convenus.

Desrues qui avait le projet de passer par la crique est déçu, mais se rassure en se persuadant que ce ne sera que partie remise. Il promet, à nouveau, à Martine de se renseigner. La vieille dame sait qu'il tient toujours ses promesses. Et puis, l'ex-épicière est une femme si sympathique. Combien de bonbons lui a-t-elle donnés lorsqu'il était enfant ? Tous les gamins l'adoraient.

Une fois dehors, poussé par une force inconnue, il se dirige malgré tout vers la crique. Cette histoire de jeune fille qui dessine sur la grève une œuvre éphémère l'interpelle, surtout par un temps pareil. Arrivé sur le sentier côtier qui domine la minuscule anse, il aperçoit une jeune femme qui trace sur le sable une figure géométrique. Visiblement l'artiste est revenue une fois l'averse passée démontrant une étrange volonté de créer. Vu du haut, le graphisme est plutôt réussi, bien qu'il ne semble ne représenter que des lignes enchevêtrées. Tout comme Alexandre avant lui, il descend prudemment vers la plage. Il fait plusieurs fois le tour de l'œuvre. C'est vrai que c'est assez harmonieux, mais l'auteure manque encore de maturité. Certains traits sont trop profonds, brisant ainsi la régularité de l'ensemble. Le geste manque un peu de fermeté et de grâce réunies. La jeune femme ne semble nullement dérangée par cette intrusion humaine, l'ignorant superbement. Elle est dans sa bulle. Il a le sentiment bizarre d'avoir déjà vu ce motif. Il n'a assisté qu'à une seule représentation de ce style, il y a vingt-deux ans. C'est donc obligatoirement ce jour-là. Par ailleurs les réalisations étaient d'une taille beaucoup plus modeste. Il a beau se concentrer pour trouver quel était, alors l'auteur de ce... dessin sur le sable, il n'arrive pas à mettre un visage sur l'artiste concerné, ni si c'était la production d'une femme ou d'un homme, et encore moins un nom. La mer qui est encore assez loin, s'avance lentement mais sûrement comme un chat qui a vu un oiseau sur la pelouse rampe ventre à terre, comme un sioux, prêt à lui sauter dessus. L'adolescente poursuit inlassablement son travail de création ignorant tout ce qui l'entoure. Insolite ! Pour le moins curieux. Il aimerait l'interroger, sur les raisons de son travail mais elle semble si absente à son environnement que la démarche serait certainement incongrue. Peut-être même est-elle sourde ou muette. Qui sait ! En tout cas il est, tout comme Martine, certain de ne l'avoir jamais vue dans le village. Il remonte vers le sentier se remémorant que lorsqu'il était jeune, avec ses copains, ils se chronométraient pour savoir lequel battrait le record de la montée. On est cons quand on est adolescents, mais c'étaient des sacrés bons moments. Aujourd'hui il grimpe lentement en contrôlant son souffle. Son attention est soumise à rude épreuve d'autant plus que l'averse précédente a particulièrement rendu la montée glissante et dangereuse On ne peut pas être et avoir été en même temps. Il n'a plus vingt ans.

 Sur le chemin du retour chez lui, son cerveau s'emplit de questions sans réponses satisfaisantes. Il déteste les devinettes. Cette gamine l'interpelle. Il veut savoir. Il saura. Aussitôt après le déjeuner, il ira chez Octave Ramin, le correspondant local de la presse écrite.

Depuis un peu plus de quatre décennies, il classe méthodiquement tous les événements de la commune, semaine par semaine, mois par mois, année par année. C'est une véritable encyclopédie locale. Un trésor inestimable. C'est certain il possède des documents, articles et photos sur la manifestation de deux mille. Ce n'est pas pour rien qu'il est considéré par la majorité des villageois comme l'encyclopédie de la commune.

Le repas terminé, après avoir rangé la vaisselle sale dans le lave-vaisselle et essuyé la table, Alexandre se dirige vers sa chambre, sous le regard joyeux de la grand-mère qui apprécie chaque instant de sa présence. L'habituelle sieste réparatrice laisse la place à un énigmatique message tracé sur le sable humide de la plage de la crique par une jeune femme tout juste sortie de l'adolescence.

Il revit chacun des instants de cette incroyable matinée.

L'artiste, déjà sur place, compose le même motif que la veille. Elle est habillée de la même façon que la journée précédente. Elle a posé sa paire de tennis blanches sur un rocher.

Lui, il reste planté, là-haut sur le chemin côtier alors qu'il brûle d'envie d'aller la rejoindre. Elle semble cette fois très inquiète. Elle lorgne fréquemment le ciel qui se couvre rapidement de nuages menaçants. Elle semble accélérer le rythme ce qui nuit à la qualité des tracés. Son regard est de plus en plus anxieux. Les cumulonimbus, à moins que ce soient des altocumulus, ou autres, allez savoir, s'avancent en escadrons agressifs et noirs comme des SS de la dernière guerre mondiale. Ses gestes traduisent sa nervosité. Certes, c'est une œuvre éphémère. Elle le sait, mais au moins qu'on lui permette de l'achever, qu'on lui laisse la satisfaction d'un travail réussi avant qu'il soit livré volontairement au néant.

Un grondement de tonnerre n'augure rien de bon. L'inconnue de la plage montre des signes d'affolement. Pourquoi est-ce si important que l'œuvre soit terminée ? Il est vrai que l'on aime bien mener une action à son terme, cependant la nature souvent commande ce qui relativise l'importance des êtres humains et les ramène à leur juste place dans l'ordonnancement du monde. Un second roulement de tambour funeste claque dans le ciel plus sombre que l'enfer. Il est suivi d'un court silence semblant vouloir laisser reposer, un peu de temps avant l'hallali, le pauvre être humain.

L'artiste est de plus en plus tendue. La qualité de son travail, c'est maintenant prouvé, s'en ressent. Les sillons égratignant le sable ne sont plus aussi uniformes, plus aussi symétriques. On perçoit aisément son désir d'en avoir terminé avant l'arrivée de ce qui s'annonce inéluctable tant le ciel est noir ébène.

Les premières gouttes annonciatrices du déluge ne tardent pas à tomber des nues lugubres. Elles sont suivies d'un rideau presque impénétrable de gouttes de cristal qui criblent la plage comme autant de petites balles déchirant le sol. Elles creusent chacune un infime cratère et éparpillent quelques grains de sable en de multiples minuscules gerbes.

La jeune femme est complètement paniquée. Elle étend les bras en une ridicule protection, vire sur elle-même au risque de tomber. Elle court dans tous les sens, pantin désarticulé à vouloir sauver ce qui n'est plus possible de sauver. L'eau gifle les joues, ruisselle de toutes parts, trempe les habits vite saturés et les corps aussi. Alexandre, sans prendre le temps de la réflexion, réagit presque aussitôt. Il descend sur la plage par la petite sente déjà ravinée par des torrents de boue. Il évite la glissade à plusieurs reprises, n'échappe à la chute qu'en posant ses mains au sol pour agripper un rocher afin de se stabiliser et repartir. Arrivé sur la plage criblée de toutes parts, il prend prestement le sac en plastique de la jeune femme, y enfourne les piquets et les ficelles, sous le regard égaré de l'artiste. Il lui saisit la main droite et lui demande d'une voix qui se veut douce mais ferme de prendre le sac dans sa main gauche. Pendant qu'il saisit le bâton et la raclette, il lui intime l'ordre de ne plus le lâcher et de le suivre. Elle obéit machinalement. Le désastre est avéré. Le motif a presque complètement disparu, il ne reste que quelques infimes traits qui, à leur tour, vont être irrémédiablement détruits.

    Juste avant la montée qui, Alexandre le sait, va être difficile, la jeune inconnue reprend un peu ses esprits. Elle sourit tristement à celui qui est venu lui donner une aide providentielle. Elle murmure un timide merci et tient avec plus de conviction et d'envie la main de celui qui est venue la sortir de ce bourbier indescriptible. Les ravines sont devenues des petits torrents fougueux dans lesquels ils vont devoir avancer. Aventure incertaine surtout pour un tel équipage pas plus entrainé que cela à de telles prouesses. Il n'y a pas d'autres solutions. Alexandre plante régulièrement le bâton dans un sol incertain afin qu'ils se hissent tant bien que mal, vers le sommet. Têtes baissées vers le sol ils gravissent d'un pas hésitant, centimètre par centimètre, ce mur truffé d'obstacles. De temps à autres ils s'octroient un peu de répit. Alexandre en profite pour se tourner vers la jeune femme. Il l'encourage d'un sourire qui se veut aussi convaincant que rassurant. Sourire qu'elle lui rend en guise de remerciements. Cela n'empêche pas la créatrice de se retourner fréquemment vers la plage, ne voulant pas perdre une seule seconde de vue l'anéantissement définitif de son œuvre. La pluie et les larmes se confondent en ruisselant sur ses joues. Elle n'a pas terminé son travail. Cette saleté de pluie aurait dû attendre un peu, être plus respectueuse de sa création, moins violente. Au prix d'efforts démesurés, de dérapages plus ou moins contrôlés, de glissades évitées de justesse et de craintes de se blesser sur des rochers inhospitaliers, ils mettent enfin pieds sur un sol plus accueillant en foulant le sentier longeant la mer. La pluie n'a pas un instant baissé d'intensité. Il pleut tant et si dru qu'ils ont du mal à distinguer le rivage pourtant pas si éloigné. Les pieds baignent dans l'eau accumulée dans les chaussures. Il y en a tant qu'à chaque pas, ils ont l'impression de marcher sur des coussins d'eau. Ils pourraient en rire s'ils n'étaient pas si fatigués, si consternés par la situation. Ils poursuivent leur marche pendant encore une centaine de mètres, jusqu'à ce qu'ils atteignent l'abri bus. C'est là que l'été les estivants attendent la navette qui les conduira, au village, sur le port, ou à la grande plage selon leurs désirs. Bien évidemment, ce service n'existe pas hors saison, faute de touristes.

Ils apprécient d'être enfin à l'abri.

Sur le petit toit de verre, les salves de pluies continuent de crépiter sauvagement en un concert de musique guerrière. Le paysage est complètement condamné à n'être qu'un espace trouble, fluide. Chacun pose, qui son sac, qui le bâton et le râteau contre la paroi devenue cascade. La jeune femme entoure son corps de ses bras pour chercher un peu de chaleur. Alexandre se secoue pour se séparer de toute cette eau qui l'habille. Illusion mutuelle. Si leurs mains se sont séparées, leurs regards ne se quittent guère. Le jeune homme demande timidement :

- ça va aller maintenant ?

L'inconnue de la plage lui répond d'un ton amical souligné d'un sourire qui a retrouvé son humanité :

- Oui, oui. Je vous remercie de votre aide… sans vous…

- Je ne pouvais quand même pas…

- C'est sympa quand même, parce que je ne me sentais pas vraiment capable de remonter toute seule

Sa voix est suave, presque envoutante. Ses yeux verts brillent à nouveau de mille feux. Alexandre ne se lasse pas de l'admirer. Il aimerait lui poser toutes les questions qui l'assaillent, mais il s'en garde bien. Il est encore trop tôt pour lui demander de se livrer, même un tout petit peu. D'ailleurs, c'est elle qui rompt l'instant :

- Il va falloir que j'y aille. Merci pour votre… pour ton aide. On peut se tutoyer… non ? Nous devons avoir à quelque chose près le même âge, enfin je présume.

- Oui, nous pouvons. J'ai dix-neuf ans.

- Idem pour moi.

- Je m'appelle Alexandre.

- Pas moi. Je te dirai mon prénom la prochaine fois, enfin, s'il y a une prochaine fois.

- J'espère.

Sans répondre à ce qui est autant une invitation qu'un espoir, elle prend le sac plastique, le bâton et le râteau, fait un signe amical de la main chargée de tout son matériel et disparait en sautillant. Elle emprunte le même sentier qui la fait disparaitre dans le bois de pins.

Il demeure là, quelque peu déçappointé par ce final qu'il avait espéré différent. Il ne lui reste plus que le souvenir des yeux verts, du sourire avenant, et un peu d'espoir de la revoir. Le ciel tente de devenir plus clément. De larges surfaces bleutées entreprennent de s'imposer. Estimant n'avoir plus aucune raison de rester sous cet abri puisque la pluie a brutalement cessé de déverser sa mauvaise humeur sur notre pauvre monde, il part rejoindre la maison de sa grand-mère :

- Où étais-tu passé malheureux ? ...

Il sait maintenant que le sommeil n'aura pas gain de cause.

Impossible.

Il quitte son lit, va à la fenêtre. A l'horizon le ciel commence à préparer la nuit. Il se tâche de sombres couleurs. Le soleil profite des derniers instants de cette journée pour faire croire qu'il est redevenu l'Astre majeur qui a régné sans partage sur le monde depuis des mois. Il se pare lentement de pourpre avant de se glisser dans l'océan comme on s'introduit entre les draps d'un lit. Quelques bateaux rentrent au port laissant derrière eux des remous éphémères. Le spectacle est splendide presque irréel. Alexandre ne peut s'empêcher, dans la sérénité retrouvée, d'espérer revoir son inconnue et d'élucider ses mystères.

Il va aller retrouver son aïeule.

A l'évocation de sa grand-mère, il éprouve un sentiment de culpabilité. Il regrette de lui avoir menti, en revenant du déluge matinal. Pourquoi s'est-il livré à pareille offense ? On ne ment pas à quelqu'un que l'on aime et qui vous aime. Pourquoi ne pas lui avoir dit la vérité ? Est-ce la présence de ce monsieur Desrues ? Piètre excuse. Il lui doit cette vérité. Fort de sa certitude, il pénètre dans la cuisine, saisi aussitôt d'une agréable odeur de gâteaux sortant du four. La vieille femme se retourne, le plat encore dans les mains revêtues de gants isolants :

- Tu arrives à pic, mon gamin je viens de terminer la cuisson de mes gâteaux.

Alexandre sourit faiblement :
- Il faut que je te dise quelque chose mamie.
- A quel sujet ?
- Ce midi, en revenant de la plage, je ne t'ai pas dit la vérité, enfin pas toute.

L'aïeule, au grand étonnement de son petit-fils, offre un large sourire alors qu'il s'attendait à un reproche ou tout au moins un étonnement.

- Je suis ravie que tu me fasses cette confidence parce que je ne t'ai pas cru du tout. Ton pantalon était tâché par de la terre en de nombreux endroits et a été griffé deux fois. La pluie, même agressive, ne peut causer pareils dégâts. Alors, dis-moi.

- Constatations imparables. J'espère que tu ne m'en veux pas trop.

- J'ai eu ton âge. Ça aide à comprendre. Mais j'apprécie ta franchise, quand bien même elle est un peu tardive. Je t'écoute.

Alexandre livre avec moult détails sa version beaucoup plus en conformité avec la réalité. Il n'oublie aucun détail, ne cache aucun de ses sentiments, ni de sa déconvenue finale. L'aïeule écoute sans montrer le moindre trouble, la plus petite désapprobation, encore moins son admiration pour le comportement de son gamin comme elle l'appelle affectueusement. Une fois le récit terminé, elle se permet simplement de faire connaitre son sentiment :

- Tu as agi en individu responsable, en galant homme et aucune femme ne peut y être insensible. Je suis fier de toi. Tu sais, des moments comme ceux-là, resteront gravés dans ta mémoire. C'est certain.

- Cette jeune fille m'interroge, mamie. Elle est à la fois bizarre et attirante. Je ne sais pas trop quoi en penser.

- L'avenir te le dira. Pour l'instant je connais un homme qui, à ma demande, cherche à savoir qui elle est et pourquoi elle se livre, à son âge, à ce passe-temps peu ordinaire.

- Un homme ?

- Oui, Desrues, celui qui est venu hier. Je l'ai connu gamin. Je lui fournissais sa dose de bonbons. Un type charmant, un opiniâtre, quelqu'un sur lequel on peut compter. Crois-moi.

Desrues, pressé de savoir, se rend aussitôt après le déjeuner chez Octave Ramin. Il est certain de le trouver chez lui. L'homme, qui frôle les soixante-quinze ans, s'est cassé un bras, il y a presque un mois en descendant justement sur la plage de la crique. L'âge s'accorde assez mal avec les exercices physiques périlleux de ceux qui se croient encore jeunes. Les corps payent les conséquences d'un tel aveuglement. Et parfois la note est salée. Un bras cassé c'est le tarif minimum pour une telle audace de la part d'un homme relativement âgé.

Le correspondant de presse reçoit l'ancien membre du comité des fêtes avec sa légendaire méfiance qui n'exclue pas son écoute.

Après que ce dernier ait exposé sa requête, ils se rendent dans une pièce attenante à la maison principale, construite spécialement pour recevoir les documents et reportages du journaliste amateur. C'est un vaste espace cerné d'étagères en bois peintes couleur ocre garnies de cartons. Sur chacun d'eux sont inscrites des dates au feutre noir. La plus ancienne révèle le début du travail de fourmi du propriétaire des lieux : 1980. Quarante-deux ans d'archives écrites et photographiques sur les événements locaux. Un véritable trésor, filon du nouveau livre qu'il écrit sur la vie communale en tapant, avec plus ou moins de facilité, sur les touches de son ordinateur portable.

Desrues saisit le carton indiqué par le correspondant local au bras temporairement plâtré. Il le dépose sur une grande table rectangulaire située au milieu de la salle et soulève le couvercle qu'il pose juste à côté. Ramin, de son bras valide, sort un ensemble de documents. Il extrait une chemise jaune sur laquelle est noté : *Création d'œuvres éphémères. 16 juillet 2000.* Il y a deux articles concernant la manifestation et plusieurs photos qu'il étale sur le bout de la table. On y voit entre autres le cliché d'une femme charmante, cheveux noirs comme les plumes d'un geai, le sourire radieux. Elle tient entre ses mains une coupe, celle offerte en plus de la prime au lauréat de ce concours particulier. On peut aisément lire son nom dans l'article qui relate la remise du trophée : *Myriam Balmin.* L'auteur de l'article précise :

- C'est la seule indication qu'elle a voulue me donner. Personne ne l'avait vue auparavant dans les parages. Nul ne l'a revue après. Une parfaite inconnue d'une discrétion totale. Je n'ai pas cherché à en savoir plus. Tu sais, certains artistes sont assez spéciaux, surtout dans le domaine de l'art éphémère. Ils ne cherchent pas vraiment la gloire, c'est l'art pour l'art qui les intéresse.

La deuxième prise de vue fait état de l'œuvre elle-même, intitulée : *vol au vent.* Cette photo offre une identité parfaite et troublante avec les tracés que Desrues a découvert quelques heures plus tôt, sur la plage de la crique, en plus grand.

- Alors ? Demande Octave tandis que Desrues reste les yeux fixés sur le cliché.

- C'est incroyable. C'est absolument identique.

- La gamine a peut-être vu un document sur la manifestation de 2000. Ça lui a plu. Elle a voulu reproduire l'œuvre primée, au même endroit, peut-être pour se donner l'illusion de participer, elle aussi, à une compétition dont elle allait sortir victorieuse.

-Peut-être, répond Desrues, sans cacher son scepticisme.

- Il faut quand même qu'elle l'ait sacrément étudiée pour la reproduire avec une telle précision. C'est hallucinant. La jeune femme ne m'a pas semblé se référer à un quelconque document. Elle traçait, comme ça, directement, presque d'instinct. C'est... C'est bizarre. Le petit fils de Martine ne m'a pas non plus mentionné de modèle auquel elle se serait inspirée. Je te le répète, c'est une copie conforme. Tu peux m'en faire une photocopie, s'il te plait. Je la laisserai dans ma poche, comme ça, si elle revient sur la plage, je pourrai constater de visu l'extraordinaire ressemblance.

- Sauf si elle dessine autre chose.
- Justement non. Je crois savoir qu'elle trace toujours le même motif, celui qui figure sur ta photo. C'est en tout cas ce que m'a dit le petit fils de Martine. Ça aussi c'est étrange, tu ne trouves pas ? Toujours le même motif !

Ramin commence à se prendre au jeu. Voilà peut-être un événement qui va donner un peu de piment à une existence qui s'enlise dans les torpeurs du ronron quotidien.

- D'accord, je te photocopie les deux photos et les articles... gratuitement. Pour l'intérêt de cette affaire. En contrepartie tu me tiens au courant de l'évolution de tes recherches. Pour un historien local comme moi, tu penses bien que ça m'intéresse. Peut-être qu'en relisant les articles et en scrutant les photos nous trouverons des pistes qui nous orienteront vers quelque chose de crédible. J'irai aussi innocemment me promener du côté de la crique. Pour un type comme moi, cette histoire tombe à pic. Je commence à m'emmerder ferme, surtout en cette saison où il ne se passe jamais rien de passionnant. Je marche de plus en plus difficilement, j'ai un bras dans le plâtre, la vue qui baisse sacrément et je ne te parle pas du reste. Saloperie de vieillesse.

- D'accord. Affaire conclue.

Chez les Ramin il n'est pas question de repartir sans partager le pot de l'amitié. Ils se rendent dans la cuisine. L'épouse du vieil homme, habituée aux rites de son époux, a déjà sorti trois verres, deux bouteilles de bière et une carafe, d'eau… pour elle.

- A l'énigme que nous allons résoudre,

Dit Ramin suscitant l'étonnement bien compréhensible de madame.

- Je t'expliquerai plus tard, répond le mari aux yeux interrogateurs de sa conjointe.

Le marteau de la cloche de l'église vient tout juste de frapper les six coups de dix-huit heures lorsque Edouard Desrues sonne à la porte de la maison de l'ex-épicière. Il est visiblement fier de lui :

- Je n'ai pas chômé. J'ai réussi à trouver quelques renseignements sur notre affaire.

Martine l'accueille avec une joie non dissimulée. Elle savait qu'elle pouvait compter sur la célérité de cet homme et appelle son petit-fils :

- Alexandre, tu peux venir, s'il te plait.

Ce dernier ne se fait pas attendre. Assis autour de la table de la salle à manger, ils ressemblent tous les trois à des conspirateurs, conviés à une réunion secrète.

- Bon, voilà. Je suis allé chez Octave Ramin. Nous n'avons pas résolu l'énigme de l'inconnue de la plage, mais j'ai trouvé dans ses archives de précieux renseignements et des documents qui peuvent peut-être, soyons modestes, nous être très utiles.

Il sort d'une enveloppe en papier kraft les deux articles écrits à l'époque et parus dans le quotidien régional. Il les étale sur la table. Martine s'en saisit et lit à voix haute :

- *Concours d'œuvres éphémères sur la plage.*

Le 16 juillet a eu lieu sur la plage de la crique un concours d'œuvres éphémères. Cinq artistes seulement avaient répondu à l'invitation du comité des fêtes, ce qui n'empêcha pas la manifestation d'être un succès populaire. Les retardataires ont eu bien du mal à trouver une place à la fois confortable et autorisant à voir, dans cette arène naturelle, l'ensemble des productions. Il faut reconnaitre la qualité de ces réalisations appelées à disparaitre dès que la marée atteint la plage. Deux femmes et trois hommes se sont donc livrés à une compétition de haut niveau. Les résultats étaient très divers. Nous avons eu droit à de véritables chefs-d'œuvre : Une reproduction de la Joconde. Un bateau échoué sur les récifs. Un port de pêche. Une église romane. Une œuvre plus abstraite intitulée : Vol au vent.

Magnifique. Le jury s'est longtemps consulté avant de dévoiler son verdict. C'est une jeune femme de tout juste vingt ans qui a finalement été primée : Myriam Balmin ... pour la réalisation du tracé le moins figuratif.

- Bon, et à part ça ?
- Toujours pressée, hein, Martine.

Desrues sort, avec précaution comme s'il s'agissait d'un trésor, de la même enveloppe, quelques photos en couleurs. Il les tend à la propriétaire des lieux en expliquant :

- Celle-ci c'est la photo de la gagnante brandissant la coupe du vainqueur, celle-là son œuvre qui a reçu l'assentiment du jury. C'est beau, il faut le reconnaître et enfin celle de l'artiste peaufinant son travail.

Alexandre se saisit du dernier cliché. Son visage reflète un réel bouleversement. Il grommelle :

- Non, ce n'est pas possible.

Sa grand-mère s'agace quelque peu de son attitude :

- Qu'est-ce qui n'est pas possible ?
- Il me semble bien que l'inconnue de la plage porte exactement les mêmes vêtements que cette femme sur les clichés.
- Tu en es certain ? Sois plus précis, s'il te plaît, demande l'aïeule.
- La dame sur la photo porte bien une ample robe bleue et blanche ... Non ?

Martine et Desrues rapprochent leurs visages du cliché ! Les deux locaux font part en même temps d'un égal étonnement :

- Oui, et alors ?
- Je répète, ma jeune inconnue porte strictement les mêmes vêtements. Je suis catégorique là-dessus. Sûr et certain.

L'ex-épicière est la première à réagir :

- Bravo. Fine observation.

Alexandre enfonce le clou :

- C'est quand même bizarre. Même robe, mêmes couleurs.

Desrues à son tour exprime son sentiment :

- Dommage, on ne voit pas ses chaussures, ça nous aurait donné une preuve supplémentaire.

- Une preuve de quoi ? Interroge Martine.

Desrues un peu gêné répond :

- Je ne sais pas, moi... En tout cas c'est un indice intéressant. Je vais demander à Ramin s'il n'a pas une photo de cette femme en entier, enfin, je veux dire avec ses chaussures.

Il saisit son téléphone portable, tapote le numéro du correspondant local, attend plus ou moins patiemment quelques secondes :

- Octave... c'est Edouard. Tu n'aurais pas une photo de la gagnante du concours d'œuvres éphémères qui montre ses chaussures. On pense que ça pourrait être une paire de tennis blanches mais on aurait besoin que ce soit confirmé... Merci, tu peux m'appeler sur mon portable... A tout à l'heure... Voilà ! Dans cinq minutes nous aurons la réponse.

Chacun cherche, dans son for intérieur, à comprendre comment une jeune fille peut s'habiller exactement comme une femme qu'elle est censée ne pas connaitre et à plus de vingt ans d'intervalle, sur la même plage, tracer une œuvre éphémère absolument identique ?

Hasard ? Déraisonnable !

Parce qu'elle est de la même famille que l'artiste d'il y a vingt-deux ans ? Peu probable. A moins que... Evidemment.

Le portable de Desrues fait entendre sa petite musique :

- Oui, Octave ?... D'accord... Merci... Salut... Il me dit qu'effectivement la jeune femme portait, en dehors de la plage, une paire de tennis blanches.

Nouveau silence, rompu par Martine :

- Il y a plusieurs hypothèses. La gamine est la fille de la lauréate d'il y a vingt-deux ans et sa mère lui a appris la technique et le graphisme. Mais alors pourquoi la gosse vient-elle reproduire, sur la même plage, l'œuvre de sa mère qui plus est habillée strictement comme elle l'était jadis ? Ou alors, l'adolescente a vu sur un magazine spécialisé une photo du tracé et a voulu l'imiter simplement pour voir si elle était capable d'en faire autant ? Mais alors comment expliquer la même vêture ?

Desrues propose, à son tour, une version plausible :

- C'est peut-être une jeune fille qui s'est identifiée à l'artiste initiale, et veut se persuader qu'elle est capable d'un talent équivalent. En s'habillant comme elle, elle croit posséder le même génie artistique. C'est possible, ça, non ?

La moue réciproque de la grand-mère et du petit-fils torpille l'hypothèse qui leur parait pour le moins oiseuse. Martine ne se prive pas de l'exprimer :

- C'est sacrément tiré par les cheveux, ton truc.

Alexandre, à son tour, se permet une observation :

- Et pourquoi trace-t-elle sur le sable toujours le même motif ?

Desrues, radieux, répond :

- Parce qu'elle ne connait que celui-là. Le seul qu'elle ait vu sur un magazine spécialisé comme l'a dit ta grand-mère. Je suis sûr que nous frôlons la vérité.

- J'en suis moins sûre que toi Edouard. Il y a du mystère là-dessous. Crois-moi. Les femmes possèdent….

- C'est ça, c'est ça ! Franchement tu crois ces conneries-là, toi ? Allons ! C'est du pipeau votre soi-disant supériorité sur l'homme dans ce domaine. Non ? Nous possédons le nom de l'artiste d'il y a vingt ans. Je vais aller voir à la gendarmerie si les flics peuvent la localiser. Dans le même temps ils pourront aussi me dire si elle est mère d'une fille… ou pas.

- Est-ce que ce n'est pas dangereux pour la jeune artiste de mettre les flics dans le coup ?

Martine sourit à la réaction de son petit-fils. C'est la preuve que ce gredin a quelques vues sur la demoiselle et ne souhaite pas que l'on prenne le risque de lui nuire. Desrues ne voit pas de quels risques il veut parler :

- Je ne dirai rien concernant la jeune femme d'aujourd'hui. Je souhaite simplement avoir des renseignements sur cette Myriam Balmin. Le copain que je connais à la gendarmerie est un type discret. Il n'y a aucun danger pour la petite sauf si elle a quelque chose à se reprocher.

- Pourquoi en aurait-elle ?

- Crois-moi, mon gamin, Desrues a raison, cela peut nous être utile... Vraiment utile.

Alexandre en regardant de plus près la photo de la lauréate de juillet 2000, s'aperçoit qu'elle a les yeux verts... comme l'inconnue de la plage. Il préfère garder pour lui cette information dont les deux autres n'ont pas fait mention. Il est toutefois mal à l'aise. L'idée de mettre un gendarme, même complaisant, dans le coup l'indispose sans qu'il sache trop pourquoi. Il tente d'exprimer sa réserve sans se livrer pour autant :

- Je me demande si nous n'avons pas un peu trop fantasmé sur cette jeune fille qui a parfaitement le droit de se livrer sur la plage à son passe-temps favori. Rien ne lui interdit. Ça ne gêne personne, surtout en cette saison. C'est vrai que le fait qu'elle soit habillée comme la lauréate du concours de 2000 interroge, mais en quoi cela nous regarde-t-il ? Qui sommes-nous pour la juger ou voir derrière son comportement une sombre histoire, suscitant notre doute ?

Martine hoche la tête lentement et fixe son petit-fils d'un regard empli de bonté et gentillesse réunies :

- Mais personne ne la juge. Nous cherchons simplement à comprendre quelques points qui nous paraissent bizarres chez cette jeune fille. C'est tout. Ne cherche pas plus loin mon gamin.

Desrues se sent tout à coup mal à l'aise. La tournure que prend la conversation le dérange. A-t-il été trop vite en besogne ? Le jeune homme n'a pas complètement tort. Cette demoiselle a le droit de s'exprimer sur la plage. Aucun arrêté communal n'interdit cet art. Martine, elle-même se laisse séduire par le doute. Son petit-fils est convaincant mais, car il y un mais, elle n'arrive pas à chasser de son esprit que la gamine joue un rôle essentiel dans cette histoire. Tout cela n'est pas limpide. Son instinct lui dicte de ne pas abdiquer dans sa quête de vérité. Pourquoi a-t-elle le sentiment qu'Alexandre n'est qu'un pion dans cette histoire. Un pion dont se sert peut-être l'inconnue. En persistant, elle protège Alexandre. Le protège de quoi ? De qui ? Elle se sent obligée de préciser :

- Bon nous cessons, pour l'instant, de nous impliquer dans cette affaire mais nous devons rester vigilants.

Desrues ne cache pas sa déception. Cette histoire commençait à le passionner. Elle le sortait de son train-train journalier, dans ce village sans histoire. C'est un fataliste. Il accepte donc l'idée que l'aventure qu'il s'apprêtait à vivre s'arrête là tout en se persuadant qu'elle ne peut se terminer ainsi. Il y aura obligatoirement une suite. Ce n'est pas possible autrement. Et s'il y a une suite, il en sera. C'est logique. Il ressent toutefois besoin de s'en assurer :

- D'accord, mais si tu as besoin de moi, n'hésite pas à me faire appel. D'accord Martine ?

- D'accord. Allez, je t'offre un apéro ou du vin ?

- Un apéro, ça me va.

Les verres s'entrechoquent une nouvelle fois.

Desrues rejoint ses pénates, Martine retrouve sa cuisine pour préparer le repas du soir et Alexandre sa chambre pour, sur l'injonction de son aïeule, s'y reposer. Une fois la porte refermée, il allume son ordinateur portable en quête de renseignements sur les motivations qui poussent un être humain à s'adonner à l'art de l'éphémère. Il y trouve plusieurs arguments : *L'artiste veut faire passer un message, cherche à bousculer les consciences, à revendiquer, dénoncer, interroger. Le message peut être politique ou social. Il est généralement composé sur les lieux de passage : places, rues, murs, palissades et arches des ponts notamment routiers.*

En fait tout est bon, même une plage, pour s'exprimer. Mais que peut bien revendiquer la jeune fille en reproduisant une œuvre créée par quelqu'un d'autre ? Quel est son message, sa motivation ? Impossible à savoir sans l'interroger elle-même. C'est d'une logique implacable. Il se promet d'aller dès le lendemain, sur le sentier côtier, de descendre, si elle s'y trouve, sur la plage et de lui parler. Il veut savoir. Pourquoi ce désir ? Il l'ignore mais c'est vital pour lui. Il y a des choses, comme ça, dans la vie qui ne s'expliquent pas. Il ne faillira pas. Il vaincra sa timidité. Il le jure. Cet engagement solennel lui procure le repos de l'âme. Il se sent bien. Enfin mieux.

La nuit enveloppe maintenant le village. Les lampadaires du port se reflètent dans l'eau redevenue calme. La logique a repris sa place, le monde devenu moins inquiétant. Le phare au bout de la jetée balaie d'un faisceau blanchâtre l'océan et l'entrée du port en un mouvement de lente rotation.

C'est beau.

Dans une maison basse à l'orée du bois de pins, trois femmes assises dans les fauteuils du salon s'entretiennent des événements qui se sont déroulés dans la journée. Il y a la mère, propriétaire du logement, sa fille et l'inconnue de la plage. C'est la mère qui entretient la conversation :

- Alors, après cette deuxième journée, qu'est-ce que tu en penses ?

- Elle a été plutôt positive, malgré cette foutue averse. J'étais trempée de la tête aux pieds... Jusqu'aux os ! En tout cas la chance, pour l'instant, me sourit. Le charmant jeune homme est revenu. Cette fois je n'ai pas pu faire semblant de l'ignorer. Il m'a tirée d'un mauvais pas. Je me voyais mal remonter seule la cascade d'eau et de boue, mais je me suis contentée du minimum. Sa présence n'était pas prévue dans nos plans mais bon, je pense qu'elle ne peut que faciliter la réussite du projet. Il a dû en parler à sa grand-mère qui d'après ce que vous m'avez dit est une femme d'action. J'en suis presque sûre, parce que quelqu'un est venu cet après-midi voir. Il a tourné autour de mon œuvre avant de repartir avec plein d'interrogations sur le visage...

Béatrice la mère l'interrompt :

- Comment était-il ce type ?

- Pas très grand, un pantalon beige, un imperméable gris un peu usé, des lunettes et une casquette de marin.

- Edouard Desrues ! C'est un ancien membre du comité des fêtes et ami de l'épicière aujourd'hui à la retraite. Ce ne serait pas étonnant qu'elle lui en ait parlé, d'autant plus que je l'ai vu entrer chez Octave Ramin en début d'après-midi. Intéressant parce que ce Ramin là est le correspondant local du journal.

Josie, la fille de la maison, confirme d'un hochement de tête :

- En plus, c'est un vieux fouineur qui se plait à raconter les ragots de la commune. On dit même qu'il projette d'écrire un second livre sur notre vie communale. Le premier n'est pas mal, mais ça ne casse pas non plus les quatre pattes d'un canard. Toujours à l'affût. Il est un peu le renard de l'information locale, si vous voyez ce que je veux dire.

- Bien, très bien, tout fonctionne comme prévu. Il nous faut simplement être patientes et ne pas vouloir précipiter les choses.

- Ce n'est pas mon intention Béatrice. Je vous suis tellement reconnaissante de m'aider dans cette affaire.

- Tu sais, tout comme toi, je veux que notre projet réussisse. Demain la météo a prévu un ciel légèrement couvert mais une température encore assez clémente, bien qu'en légère baisse par rapport aux jours précédents. En tout cas pas de pluie. Ça veut dire que tu pourras y retourner.

Les trois femmes sirotent leur café, tout en se gavant de gâteaux secs. Elles n'ont jamais été aussi solidaires, aussi déterminées. Elles ne doutent pas que le projet élaboré il y a quelques mois et amendé continuellement en fonction des impératifs va atteindre son objectif. C'est une question de morale. De justice. L'arrivée inopinée d'Alexandre dans le scénario est un signe positif pour chacune d'elles. C'est presque un clin d'œil du Ciel, une aide providentielle. Elles espèrent que demain le jeune homme retournera à la plage de la crique, que le vieux journaliste amateur voudra se rendre compte par lui-même de cette étrangeté qu'est l'art éphémère, que le bruit se propagera qu'il se passe des choses étonnantes sur la petite plage. Josie, cachée derrière les arbres, observera comme elle le fait depuis deux jours, les allers et venues des éventuels propagateurs de nouvelles informations. Elles savent les vertus (et les dangers) du bouche-à-oreille, elles misent sur l'intérêt de la population pour l'insolite et le mystérieux.

Demain est certes un autre jour, mais c'est surtout, une pierre posée à l'édifice qu'elles entendent construire patiemment presque méthodiquement.

Tout vient à qui sait attendre.

Le téléphone portable d'Alexandre résonne. Il est huit heures quinze. Pas besoin de lire qui est son correspondant. Il le sait. C'est l'heure qu'elle a choisie depuis trois jours :
- Alexandre ?
- Non, c'est le diable.
- D'accord ! Comment va le diable ce matin ?
- Plutôt bien, maman. J'ai bien dormi. Un sommeil de plomb. Dehors, si j'en crois ce que je vois par la fenêtre, il fait plutôt beau si l'on exclut quelques nuages non menaçants. Mamie m'a sans doute préparé mon petit déjeuner préféré : Chocolat avec croissants, tartines beurrées et un verre de jus de fruits. Une vraie vie de pacha, d'autant plus que la vue est magnifique, autrement plus belle que celle de ma chambre habituelle. Le port, les bateaux, la mer ! Que demander de mieux ?

A l'autre bout des ondes, la mère du garçon fait une moue significative. Ce n'est pas qu'elle soit fâchée que son fiston aille bien. N'est-ce pas ce que souhaite toute mère aimante ? Toutefois elle pressent que cette grand-mère prend une importance capitale dans l'évolution de la santé de son enfant. Pour une femme possessive, ce n'est pas satisfaisant. Que sa belle-mère participe de près à la remise en forme de son fils ne l'enchante guère. Elle ne la déteste pas, même si elle ne partage pas toujours ses méthodes éducatives, mais elle estime que c'est à elle de s'occuper de sa progéniture... surtout lorsque celle-ci a des problèmes. Elle ne voulait pas de ce séjour à la mer et encore moins de cette première séparation temporaire, avec le fruit de ses entrailles. Ils se sont tous ligués contre elle : le médecin, le mari et même ses deux autres enfants plus âgés, pas fâchés que le petit dernier, objet de toutes les sollicitudes, quitte un peu le giron maternel.

Alexandre perçoit un léger malaise chez sa mère. Il tente de mettre un peu de baume sur une plaie qu'il imagine douloureuse.

- Bien sûr, ce serait encore mieux si nous étions tous réunis, ici, mais bon, ce n'est pas possible. Dès que je serai rétabli, je reviendrai à la maison, mais je reconnais que je regretterai ce décor de rêve. Et toi, comment vas-tu ?

- Je vais bien, mais tu me manques.

- Toi aussi, tu me manques et papa aussi. Deux semaines, ça va passer vite. Je vais revenir en pleine forme, et c'est cela le plus important.

- Oui, bien sûr, mon garçon. Allez, il faut que j'y aille, le boulot m'attend. Fais attention à toi.

- Je t'embrasse maman.

- Je t'embrasse aussi.

Alexandre entend le bip de fin de communication. Il met son portable dans la poche de son pantalon avant de se diriger vers la cuisine.

La nuit n'a pas été aussi bonne que ce qu'il a affirmé à sa mère. Inutile d'inquiéter encore plus une femme qui se pose déjà une foultitude de questions. Il a longuement cherché à savoir comment il allait aborder la discussion qu'il s'est promis d'avoir avec l'inconnue de la plage. Plusieurs scénarii se sont présentés à lui. Du plus banal au plus audacieux, il ne sait lequel privilégier. Tous ont leurs avantages et leurs inconvénients. Classique. C'est l'incertitude totale. La seule chose dont il est certain c'est que cette jeune femme l'intéresse et qu'il doit en savoir plus sur elle, sur ses motivations à reproduire l'œuvre temporaire d'une autre. Il s'interroge sur le fait qu'elle se soit vêtue comme la lauréate du concours de 2000 l'était il y a vingt-deux ans. L'inconnue, c'est une évidence, lance un message. Il en est persuadé. Lequel ? Il se demande ce que sera sa propre réaction si elle refuse de lui parler, si elle lui rit au nez ou lui affirme que cela ne le regarde pas. Chacun sa vie, chacun son chemin. Il n'a pas la réputation d'être un garçon tenace. Les filles l'ont souvent désarçonné. Il se sait trop timide, trop tendre pour lutter contre quelqu'un qui n'est pas décidé à se livrer. Pourtant il veut savoir. Il veut comprendre. C'est la première fois qu'une fille le trouble vraiment. Il y a sûrement une raison à cela. Il ne veut pas non plus se prendre trop la tête. Il doit avoir confiance en lui. Il saura se décider le moment venu. De la cuisine s'évade une bonne odeur de chocolat chaud qui lui titile les narines. Malgré la tristesse que lui procure l'entretien téléphonique prouvant le malaise de sa mère et la crainte de l'épreuve à venir qu'il pressent comme ardue, il a une faim de loup. Sa grand-mère l'accueille avec un sourire plein de tendresse et d'amour :

- Tu as bien dormi mon gamin ?
- Pas trop mal.
- C'est-à-dire ?
- J'ai décidé de parler à la jeune femme de la plage.
- Bonne initiative. Et alors ?
- ça m'a fait me poser beaucoup de questions sur la façon dont je dois l'aborder.
- Sur ce point je ne peux pas te donner de conseils. C'est une démarche trop personnelle, je dirais même trop intime. Tu dois agir selon tes idées, selon ce que tu ressens.
- Je le comprends parfaitement. Je vais m'en sortir mamie. C'est la seule solution pour que nous puissions savoir le sens de son action actuelle.
- Bien raisonné. Et puis quoi... Les filles ne sont pas toutes des monstres emplis de secrets. Peut-être n'attend-t-elle que cela, que tu lui poses des questions, que tu t'intéresses à elle. Les filles aiment bien être désirées. Tu n'avais pas prévu pareille aventure je suppose ?
- Pas vraiment, non. Ce n'est pas pour autant désagréable, seulement un peu flippant.
- J'ai l'impression que la forme revient. Non ?
- Sans doute. En tout cas, j'ai la ferme intention de réussir le défi que je me suis lancé.
- Alors il faut que tu prennes des forces, ton petit-déjeuner est prêt.

Leur complicité est totale. Jamais il ne s'est confié aussi pleinement à une adulte. Il sait que cette femme-là peut tout entendre, qu'elle ne le jugera pas. Son refus de lui donner des conseils prouve sans conteste que c'est une personne compréhensive qui lui laisse l'entière responsabilité de ses gestes et paroles. C'est assez rare chez les adultes pour être souligné.

- Bon sang, mamie, j'ai une faim de loup.
- Mange mon gamin et ne t'en fais pas trop. Les filles sentent lorsqu'un garçon est sincère.
- J'espère que le ciel t'entend, mamie.
- Aies avant tout confiance en toi et sois respectueux de cette jeune femme. Alors, tu peux être certain que tout se passera bien.
- Tu es super, mamie… Merci.

Quelques minutes plus tard Martine voit s'éloigner son petit-fils. C'est incontestablement, parmi ses petits-enfants, celui avec lequel elle a le plus de relations. C'est un jeune homme charmant, fragile sur le plan de la santé, mais tellement attachant, pas fier, capable de confidences et d'une infinie délicatesse. Elle croise ses doigts derrière son dos pour que tout aille bien. Superstition ? Sans doute, mais surtout désir qu'il arrive à ses fins. Il le mérite. Après un dernier signe discret de la main, il emprunte la rue qui mène au port.

Sur le terre-plein un plaisancier repeint la coque de son voilier. Alexandre prend le temps d'observer la scène. Il ne veut pas arriver à la crique avant l'artiste. Il ignore encore comment il va approcher la jeune femme. Va-t-il se présenter comme un touriste qui s'intéresse à l'art éphémère ? Le fait qu'il ait déjà rencontré l'auteure de l'œuvre annule cette hypothèse ou la rend ridicule. Alors quoi ? Il se répète pour la énième fois qu'il verra bien le moment venu, qu'il doit être naturel. Faire confiance à l'instant ? Pourquoi pas ? Cela lui a réussi à plusieurs reprises… mais pas toujours. Pour ne pas se prendre trop la tête il s'adresse au plaisancier peintre amateur.

- Bonjour.
- Bonjour, répond laconique l'homme qui repeint son bateau.
- Je peux vous demander à quelle fréquence vous devez repeindre votre...

L'homme se retourne vers son interlocuteur :
- Je n'en sais trop rien. Ce n'est pas mon voilier, mais celui d'un ami, qui m'a demandé de lui rendre ce service et comme je suis au chômage, j'ai accepté. Être chômeur, vois-tu, ce n'est pas très valorisant. Et puis, il faut bien vivre hein. J'ai passé la semaine dernière à poncer. Cette semaine je m'attaque à la peinture. Ça ne me déplait pas. Je suis au grand air. Ce n'est pas trop mal payé. Pas de quoi se plaindre. Et puis...

L'homme est visiblement un bavard ou quelqu'un qui est ravi de pouvoir enfin s'entretenir avec son prochain. Sans doute se sent-il parfois un peu trop seul. Alexandre craint qu'il ne le lâche plus pendant un temps certain, aussi met-il fin à la discussion.
- Excusez-moi, mais il faut que je sois sur la plage dans moins de dix minutes...
- Un rendez-vous galant ?
- Si on veut.
- Alors bonne chance, jeune homme. Il ne faut pas laisser échapper pareille occasion et puis les filles n'aiment pas attendre. Elles préfèrent faire attendre. Au revoir, et bonne chance... avec la donzelle.
- Au revoir, monsieur, merci.

Il poursuit son chemin d'un pas qui se veut tranquille. En cette semaine de vacances de la Toussaint, il y a très peu de monde en promenade, ni même de façon générale dans la petite station balnéaire. La mer en automne n'attire pas la foule. L'instinct grégaire ne sied guère avec la saison préhivernale. Alexandre est de plus en plus anxieux au fur et à mesure qu'il approche de la crique. Et si elle n'y est pas ? Et si elle a décidé d'aller exercer son art ailleurs ? N'étant pas une habitante du village, elle peut très bien être itinérante. Les artistes sont souvent des gens qui aiment changer de lieu une fois leurs prestations terminées. Et où serait-elle allée ? Impossible de répondre à cette question. Inconsciemment, sans doute pour restreindre l'incertitude, il allonge le pas. Du haut du sentier côtier, il la voit.

Elle est là !

Ses habits sont identiques à ceux de la veille. Elle trace toujours et encore le même motif. Il n'y a plus aucune trace d'inquiétude sur son visage. Elle a retrouvé son allant, ses petits sauts de carpe, sa volonté d'agir. Le trait est plus net, plus profondément dessiné que le jour précédent. Elle se concentre uniquement sur son art.

Alexandre, cette fois, n'hésite pas. Il emprunte lentement la sente qui descend vers la grève en tentant de calmer ses pulsations cardiaques. Il ne partira pas de là sans avoir adressé la parole à l'artiste. Il en fait une obligation. Pas de compromis. Ce n'est pas négociable. La demoiselle ne le voit pas ou fait semblant de ne pas le voir sautiller entre les pierres. Cela n'entame en rien sa détermination. Il agira le moment propice, celui qu'il jugera le plus adéquat. Il s'imposera s'il le faut. Après avoir atteint l'aire sablée, il s'assoit, sans rien dire sur un rocher à tête plate. Si la situation doit s'éterniser, autant être confortablement installé. Son visage ne montre aucune appréhension quand bien même tout bouillonne à l'intérieur. Il n'a eu droit à aucune manifestation de la part de la jeune femme, pas même un hochement de tête, un regard discret ou avenant. Concentration extrême ? Indifférence totale ? Peu importe. Il se sent fort et déterminé, solide comme le rocher sur lequel il et assis.

Elle est belle, même dans l'effort physique. L'observateur prend conscience que la création exige des qualités corporelles importantes. Elle ne s'octroie aucun moment de repos. Toujours en mouvement. Le bâton trace sans faiblir, le râteau est manié avec dextérité, précision et grâce. Un enchantement. Un incessant ballet duquel se dégage une puissance inexplicable. Jamais il n'a assisté à un tel spectacle. L'être, l'outil et la nature complices.

Le temps n'a plus cours.

Et puis enfin elle s'arrête et dépose au sol ses instruments de travail. Légèrement essoufflée, elle plie les genoux, y pose ses mains, courbe sensiblement son torse vers l'avant et prend d'amples respirations. Elle se relève lentement, regarde le résultat de son engagement artistique, semble éprouver une certaine satisfaction traduite par un sourire aussi léger qu'un papillon. Il la contemple en silence, avec vénération avant de recouvrer ses esprits. Il découvre un sentiment qui lui est à ce jour inconnu : l'extase devant une Création humaine. Il ne saurait dire si le résultat est beau, fabuleux. Peu importe le mot. Il est envoûté comme jamais. Ces traits, ces courbes qui se rejoignent, se chevauchent, s'entrecroisent, se confondent pour ne former qu'un tout, c'est génial. Il se surprend à applaudir. A applaudir de toutes ses forces. Elle se détourne vers lui, semble le découvrir assis sur son rocher, tel Nérée sans ses Naïades.

- Tiens tu es là. Je ne t'ai pas vu descendre.

Bien qu'aucunement convaincu par ses propos, il rétorque :

- C'est que je sais être discret... parfois.
- Sans doute.
- C'est vraiment très beau. Encore bravo. Cette... composition est de toi ?

Elle hésite quelques secondes avant de répondre. Elle ne s'explique pas l'angoisse qui l'étreint soudainement. Elle doit accomplir un effort conséquent pour s'exprimer sans laisser paraitre le trouble qui lui noue la gorge.

- Pourquoi cette question ?
- Simplement pour savoir.

Elle s'octroie un autre moment de silence. Ayant retrouvé une certaine sérénité, elle s'exprime le plus calmement possible :

- J'aimerais te répondre oui, mais je ne sais pas mentir. Non, c'est avant tout l'œuvre de quelqu'un que je connais. Elle m'a transmis son savoir. J'ai beaucoup travaillé pour maitriser tout cela. Tellement que c'est devenu presque automatique tout en étant, comment te dire... prodigieux. Pendant que je me livre, corps et âme à cet art, je ne pense pas à autre chose. Je ne suis presque plus vraiment moi. C'est difficile à expliquer.

Les yeux de la jeune femme s'illuminent. Ils semblent se perdre vers un point bien au-delà du réel. Alexandre est subjugué. Toutefois il revient très vite à la réalité, à son engagement d'interroger la demoiselle, d'avoir des réponses lui permettant de comprendre... mais de comprendre quoi ?

- Je peux te poser une autre question ?
- Je n'aime pas trop les questions, tu le sais, surtout qu'en général elles ont tendance à se suivre... en rafales, si tu vois ce que je veux dire.
- Bien sûr, mais ton... attitude s'y prête un peu... Enfin, il me semble. Non ?

Là-haut sur le sentier côtier apparaissent deux silhouettes. Ce sont celles de l'échotier local, le bras dans le plâtre et de son épouse. Ils s'arrêtent, observent l'œuvre éphémère et semblent en discuter ensemble.

- Tu connais ? interroge l'artiste.
- Non, mais compte tenu de ce que nous a dit, à ma grand-mère et à moi, un certain Desrues, l'homme là-haut est le correspondant local du journal et elle, sans doute sa femme.

Sur les lèvres de l'inconnue de la plage, fleurit un sourire discret qui n'échappe pas à Alexandre.

- ça parait te plaire.
- Si on veut, oui.
- Je peux savoir pourquoi ?

- Tu es beaucoup trop curieux. Je te l'ai déjà dit, je n'aime pas trop les questions.

Alexandre ne désarme pas.

- Cet homme possède chez lui des archives sur les événements communaux depuis trente ans.

De nouveau les lèvres de la jeune femme se plissent laissant deviner un sentiment de satisfaction. Alexandre n'intervient pas. Il se contente de la constatation. Il poursuit son discours :

- Comme tu peux le remarquer, il s'est cassé un bras, et tu sais comment ?

- Non. Cette chose-là peut se faire n'importe où et n'importe comment.

- En descendant cette pente qui nous amène ici.

- C'est vrai ?

- Bien sûr. Enfin c'est ce que m'a affirmé ma grand-mère.

- Il faut dire qu'elle est rude et dangereuse même… cette descente.

- Surtout lorsqu'il pleut à torrent.

Cette dernière réplique entraine un rire commun. Un début de complicité ? C'est en tout cas ce que veut croire le jeune homme. Elle lui procure la hardiesse de quémander, comme une faveur :

- Ce serait sympa que je connaisse au moins ton prénom.

L'anonyme de la plage réfléchit quelques secondes. Elle donne le sentiment qu'à l'intérieur d'elle-même deux forces antinomiques se livrent un furieux combat. Sa tête dodeline légèrement, secouée par un séisme d'amplitude moyenne l'empêchant de s'exprimer. Elle ramasse, sans hâte, son matériel, saisit le bâton pointu et le râteau et amorce quelques pas vers la sente.

- Je suis déjà en retard pour le déjeuner. On doit m'attendre. Il faut que j'y aille.

Alexandre offre un visage dévasté. Plus aucun son ne veut sortir de sa bouche pourtant entr'ouverte. Sans s'arrêter, elle se retourne. Son regard est celui d'une femme compatissante :

- Je m'appelle Louane.

Puis elle part en courant.

- Merci ! Dit simplement Alexandre en la regardant gravir allègrement la pente et rejoindre le sentier longeant la mer. Là-haut le couple de personnes âgées est toujours là, observant incrédule la scène qui se déroule devant eux. La femme saisit l'appareil photo que lui tend, de sa main droite, son mari. Louane, les croise sans daigner leur accorder le moindre regard. Elle observe, l'espace de deux ou trois secondes, le comportement de celui à qui elle vient de dévoiler son prénom. Il est comme figé, les yeux pointés vers elle, partagé entre le bonheur et la déception.

Il entame à son tour le raidillon tandis que l'épouse du journaliste pointe l'appareil photographique vers la plage. Lorsqu'il passe devant le couple, Octave Ramin lui pose la question d'un ton naturel :

- Tu ne serais pas par hasard le petit fils de Martine ?

Alexandre ne répond pas. Il n'est même pas certain qu'il ait entendu la voix du vieil homme qui a fait de l'indiscrétion un devoir.

Moins de dix minutes plus tard survient Desrues… Trop tard.

Le couple Ramin le renseigne sur ce qui vient de se passer.

Suivent quelques habitants de la commune (surtout des personnes âgées) qui ont ouï dire qu'une gamine créé une œuvre éphémère sur la plage de la crique et que c'est curieux à voir parce qu'on dit que cette œuvre-là a déjà été présentée sur cette même plage il y a vingt-deux ans. Ils passent regardent, admirent, critiquent. Certains se souviennent qu'effectivement ils ont vu cette réalisation quelque part, d'autres non. Les appréciations sont diverses mais la majorité des curieux admet que c'est du bon boulot tout en s'interrogeant sur la nécessité d'une telle œuvre. Un homme proche de la cinquantaine affirme péremptoire que cela s'appelle du Beach Art provoquant l'étonnement chez son auditoire. Une femme ne voulant pas être en reste s'emploie à traduire :

- De l'art de plage.

Les yeux de Martine font la navette entre l'horloge murale fixée au-dessus de la porte de la cuisine et la fenêtre donnant sur la rue, la seule que son petit-fils peut emprunter pour entrer à la maison. Il devrait être déjà là. Pourvu que tout se soit bien passé. Elle sait son Alexandre un peu fragile. En tout cas c'est ce que tout le monde prétend. Elle se reproche d'avoir alerté Desrues pour une situation qui n'en valait sans doute pas la peine. Elle aurait dû réfléchir avant et deviner que celui-ci, avec sa propension à vouloir lui être agréable, allait y mettre tout son talent. Pour quel résultat ? Alain, son époux, lui disait souvent de se méfier de ses élans de générosité, de son penchant à vouloir trouver une explication à toute chose.

Lorsqu'enfin elle voit Alexandre se diriger vers la maison elle émet un soupir de soulagement. Le jeune homme n'exprime pas de frustrations particulières. Pas de franche gaité non plus. Elle se précipite pour lui ouvrir la porte. Le post adolescent, souriant souligne :

- J'ai l'impression d'entrer dans un cinq étoiles, la porte s'ouvre avant même que je puisse saisir la poignée. Excusez-moi, gente dame, je n'ai pas prévu de pourboire.

- J'en porterai le montant sur votre note joli damoiseau.
- D'accord !

Les deux complices s'esclaffent confirmant leur connivence. Sur un ton un peu plus sérieux, elle lui demande comment s'est passée cette matinée.

- Plutôt bien, même si j'avais envisagé d'aller plus loin dans la relation, enfin je veux dire d'en savoir plus sur elle. Nous avons ri ensemble de notre prouesse d'hier au sujet de la montée vers le chemin côtier. Elle a fini par me donner son prénom : Louane. C'est à peu près tout, c'est-à-dire pas grand-chose, mais j'avance doucement.

- C'est joli... Louane. Attends deux minutes.

Martine se dirige vers le confiturier occupant l'un des angles de la salle à manger. Elle tire le tiroir du haut, farfouille avant de sortir un livre recouvert de cuir rouge.

- J'ai là un bouquin sur la signification des prénoms. Je sais, on me dit que je suis un peu foldingue de croire à ces trucs-là, mais j'en prends et j'en laisse. Je suis quand même persuadée qu'il n'y a pas que du faux. J'en suis sûre. J'en ai eu souvent la preuve. Voyons voir… Louane : *Louane est consciencieuse, discrète très agréable à côtoyer. Elle a un sens inné du devoir. Elle ne peut quitter son travail sans que tout soit parfait et bien ordonné.* Comme tu vois, c'est donc quelqu'un de bien.

Alexandre fronce les sourcils :

- ça peut expliquer son comportement d'hier. Je comprends mieux son angoisse lorsque la pluie a ravagé son œuvre… Elle n'avait pas terminé son boulot.

- Tu vois ça se confirme.

- M'ouais ! Pourquoi pas.

- Allez, il est tard. A table ! Heureusement que je n'ai préparé que des trucs qui peuvent se réchauffer. Et puis après le repas, sieste. Je ne veux pas que tes parents me reprochent de ne pas te ménager. Tu es là pour te reposer.

Alexandre hoche la tête :

- Mamie, je suis adulte. Mes parents sont bien gentils, mais je veux mener ma vie comme je l'entends. Je me sens d'ailleurs de plus en plus en forme, l'air marin et puis toi sûrement et même Louane, l'ex inconnue de la plage, sans doute, y contribuent. Ici tout pimente ma vie, donne un sens à l'imprévu. Franchement, c'est le pied !

Martine est ravie. Le gamin est merveilleux. Il lui apporte un supplément non négligeable à ce qui était, il y a trois jours encore, une vie monotone. Il y a bien longtemps qu'elle n'a pas été aussi heureuse. Elle propose qu'après la sieste ils fassent une partie de scrabble : la réponse est immédiate :

- Pourquoi pas après le repas ? La sieste… la sieste, ce n'est pas non plus une obligation journalière. Le scrabble n'est pas éreintant physiquement que je sache.

J'ai grande envie de te battre à ce jeu dont on prétend que tu es invincible.

- Qui t'a dit une chose pareille ?
- Mon petit doigt, mamie.
- D'accord pour après le repas. Ne crois surtout pas que je vais te laisser gagner.
- Je l'espère bien. A vaincre sans péril on triomphe sans gloire.

Les trois parties qui se sont succédées ont fait l'objet d'un véritable et cordial combat. L'aïeule a triomphé deux fois. Le petit-fils l'a félicitée en lui promettant qu'à leur prochain duel, il l'emporterait. La vieille dame a répliqué avec une pointe d'humour :

- ça reste à prouver.

Moments exceptionnels qui participent au fait que la vie mérite d'être vécue. Pas besoin de château, d'argent à gogo, de luxe et de pouvoir, pour être heureux. Il suffit d'aimer simplement. Aimer l'Autre. Aimer les instants qui nous sont offerts. Savoir les partager et les magnifier.

Vers les dix-huit heures, on sonne à la porte. La propriétaire des lieux se lève, ouvre l'huis laissant apparaitre Octave Ramin affublé d'un sourire un peu crispé.

- Bonsoir Martine. Je peux entrer ?
- Bien sûr Octave, qu'est-ce qui t'amène ?
- Je vais te l'expliquer. Ton petit-fils est là ?
- Oui. On va aller dans le salon. Alexandre tu peux me rejoindre dans le salon s'il te plait ?

Une fois tout le monde installé, Martine réitère sa question :

- Alors qu'est-ce qui t'amène ?

Octave, dont ce n'est pourtant pas la caractéristique première, semble hésiter :

- Voilà… Je suis allé en fin de matinée sur le chemin côtier et j'ai vu l'artiste dont on parle en ce moment… et toi aussi mon garçon. Cette jeune personne est très douée… incontestablement. Mais c'est vrai que c'est bizarre qu'elle reproduise à la perfection et sans modèle, une œuvre primée sur cette même plage il y a vingt-deux ans. A l'époque, elle ne devait pas être née. J'ai décidé de faire un article sur elle. Il paraitra, au plus tôt demain, au plus tard vendredi. Avec la photo de l'œuvre, bien entendu. Je crois vraiment qu'elle mérite d'être connue et mon propos sera élogieux, vous pouvez en être sûr. Seulement voilà, j'ai besoin de renseignements la concernant. Ne sachant qui elle est, ni où elle habite, j'espère, jeune homme, que tu pourras me renseigner ou me donner son adresse actuelle afin qu'éventuellement je la rencontre.

Alexandre écoute attentivement le correspondant local. Au fur et à mesure de son discours, il ressent un sentiment bizarre, une sorte de manipulation. C'est flou mais envahissant. L'exposé est flatteur. Peut-être un peu trop. L'orateur ne laisse-t-il pas sous-entendre des intentions inavouables. Le jeune homme se demande s'il n'est pas trop méfiant. Si l'échotier pense vraiment ce qu'il dit. Dans ce cas pourquoi cette appréhension qui grandit à chaque parole supplémentaire ? Lorsque le narrateur cesse sa harangue le jeune homme est saisi d'un malaise inexplicable. Il décide de ne pas répondre à la sollicitation. Il en est d'ailleurs bien incapable ne possédant lui-même qu'un embryon d'indices :

- Je suis désolé monsieur mais je ne possède pas les réponses à vos questions. La jeune fille est très discrète… trop à mon goût pour être franc avec vous, mais c'est un fait.

Martine sourit furtivement. Elle sait qu'Alexandre pourrait au moins fournir un prénom et indiquer que l'artiste lui a avoué avoir été initiée par quelqu'un qu'elle connait. S'il ne le fait pas c'est certainement pour protéger celle qui a su allumer une flamme au fond de son cœur.

Octave Ramin hausse les sourcils. La réponse d'Alexandre ne l'a pas convaincu, loin de là. Il approche son visage de celui du jeune homme :

- Pourtant je vous ai vus et entendus rire et parler ensemble. Le rire implique une relation disons... intime, un partage, une confiance mutuelle. On ne rit pas avec n'importe qui, surtout en tête-à-tête.

Cette riposte frappée au coin du bon sens n'intimide pas pour autant Alexandre :

- C'est généralement vrai, mais dans le cas présent votre démonstration ne se vérifie pas. Je vous assure qu'à mon grand désarroi, je ne sais rien de cette jeune fille.

- Elle ne t'a même pas dit où elle habitait ?

- Non. Cela vous parait peut-être bizarre, mais c'est la stricte vérité.

Martine garde en elle la joie qui la submerge de voir son petit-fils tenir tête à ce filou de Ramin. Elle goûte au plaisir de voir le chroniqueur local quelque peu désemparé. Ce dernier ne veut toutefois pas s'avouer vaincu :

- Tu veux me faire croire que tu ignores tout de cette jeune femme ?

- Je vous dis simplement la vérité. Cette fille est d'une discrétion rare et c'est en cela que j'éprouve un certain intérêt pour elle. ça change des bavardes qui n'arrêtent pas de se raconter d'autant plus que leur vie frôle le vide sidéral.

- J'ai du mal à te croire... Vraiment beaucoup de mal. Vos attitudes à l'un et à l'autre prouvent le contraire. Comme tu peux le constater je ne suis pas né d'hier et je me vante d'avoir une certaine expérience des comportements humains.

- Vous pouvez penser ce que vous voulez, je vous dis la vérité.

- Tu as, comme nous tous, constaté qu'elle porte la même tenue vestimentaire qu'une femme qui, il y a plus de vingt-deux ans, a tracé sur cette même plage une œuvre identique. Quand je dis identique, c'est vraiment identique.

- C'est effectivement ce que l'on m'a dit.
- Et tu ne lui as pas posé de question pour...
- Non. Je ne fais pas partie de la police. Elle me dit ce qu'elle veut me dire. Un jour sans doute... Enfin, je l'espère, elle m'en dira peut-être plus. Pour l'instant je ne peux guère vous aider, je le reconnais bien volontiers et vous prie de m'en excuser.

- Tu ne peux pas ou tu ne veux pas ?
- Je ne peux pas, pour les raisons que j'ai déjà évoquées, c'est-à-dire, je le répète, qu'elle n'a rien voulu me dire la concernant. Je ne l'ai pas non plus interrogée. Le supplice de la question est, il me semble, aboli depuis longtemps.

- Exact, il l'a été en 1789. Heureusement. Ce n'est pas la peine que j'insiste. Je vois bien que je n'obtiendrai rien de plus. C'est dommage. En croyant défendre cette jeune fille, tu la dessers. C'est un peu bête. Je vais trouver par moi-même les renseignements que je souhaite. Martine, je te ferai savoir quand paraîtra l'article.

Il se lève, démontrant son désir de clore ce court et inutile entretien. L'interpellée l'imite, dissimulant difficilement le malaise qui lui compresse la poitrine comme un étau. L'homme ne cache pas son amertume. Il est déçu et quelque peu amer de s'être fait moucher par un gamin. La propriétaire des lieux lui propose un apéritif qu'il décline très poliment, arguant qu'il a du pain sur la planche s'il veut envoyer son article pour midi le lendemain. Alexandre s'excuse à nouveau de ne pas avoir pu répondre aux attentes du visiteur. Celui-ci offre une moue significative de son incompréhension et de son doute devant ce qu'il considère comme un affront ou tout au moins une méfiance inacceptable et imméritée. Il consent toutefois à serrer la main du freluquet qui s'est opposé à lui et offre un sourire anémique à son amie Martine qui le raccompagne jusqu'à la porte d'entrée :

- Tu sais Octave, Alexandre n'est pas un menteur, je t'assure. Il n'a fait que te dire ce qu'il m'a déjà raconté. La jeune fille est terriblement secrète. Je me demande même si ce n'est pas son arme de séduction. Si cela est le cas, elle a réussi dans son entreprise. Ne lui en veut pas. Il n'a pas voulu te vexer, simplement, il ne pouvait pas te renseigner. Je te prie de me croire.

Le journaliste hausse les épaules. L'espace d'un instant, il est devenu fataliste :

- C'est comme ça ! Pour être franc, je ne sais plus quoi penser. C'est vrai que ton petit-fils a l'air d'être honnête, mais je n'arrive pas à admettre qu'il ne me cache rien. J'aimerais bien savoir la réalité.

Il retrouve sa combativité. Il redevient lui-même. Tel qu'il est. Tel qu'il a toujours été. Celui qui cherche et qui trouve :

- Je trouverai. Tu me connais, je ne m'avoue jamais vraiment vaincu. Au revoir Martine. Je compte sur toi pour me contacter si par hasard d'ici demain matin il y a du nouveau et si, par le même hasard, la mémoire revenait à ton petit-fils.

- C'est promis, Octave.

La porte se referme. Octave Ramin retrouve la rue. La nuit a complètement repris ses droits. Seul dans l'obscurité il ne peut accepter ce qu'il considère comme une entrave à l'information à laquelle les citoyens ont droit. Il jure une nouvelle fois qu'il fera éclater la vérité, celle que l'on veut lui cacher tout en cherchant le moyen d'y parvenir. C'est bien plus qu'une mission pour lui, c'est un devoir.

Pendant ce temps, Martine a rejoint Alexandre au salon. Il est assis sur le canapé. Silencieux. Elle s'assoit à ses côtés, le regarde pendant quelques secondes avant de lui demander :

- Pourquoi ne lui as-tu pas fourni au moins un élément de ce que tu sais ? Tu aurais montré ta bonne foi. Pas le prénom de la jeune femme, bien sûr, mais le fait qu'une personne qu'elle connaît l'avait formée à l'art éphémère à partir d'une œuvre qu'elle avait elle-même créée.

- Mamie ! C'était impossible ! Imagine que vendredi matin l'article paraisse dans le journal et que Louane en ait connaissance. Imagine le choc qu'elle aurait ressenti en lisant la prose du journaleux local relatant des propos qu'elle m'a exprimés en toute confidence. Comment n'aurait-elle pas éprouvé de la haine envers moi qui venait de gravement la trahir ? Crois-tu qu'après cela elle m'aurait à nouveau adressé la parole ? Comment aurait-elle accepté pareille saloperie de ma part, elle qui en se confiant, même un tout petit peu, me montrait son début d'amitié ?

- Tu as raison, je suis une vieille sotte. Je n'avais pas pensé à ça.

Le sourire qu'offre Martine à son petit-fils est le même que celui du santon représentant la vierge Marie à sa divine progéniture dans la crèche le soir de Noël. Un sourire plein de tendresse et d'amour. Elle poursuit son discours enchanté :

- Alors là mon gamin, il n'y a pas un habitant de cette commune qui se risque à affronter Octave comme tu viens de le faire. Chapeau !

Elle dépose un chaste baiser sur la joue de son petit-fils. Puis, comme si elle venait d'être visitée par l'Esprit

Saint, se redresse, et enjouée comme elle n'a pas dû l'être depuis longtemps, proclame :

- Pour fêter l'évènement nous allons dîner au restaurant ce soir. Je vais téléphoner à Lucette, ma copine qui tient le resto du port. Ça te va ?

Alexandre tout sourire ne peut que répliquer :
- C'est toi la cheffe, mamie. C'est toi qui décides.
- Alors, moussaillon, nous allons goûter au vent du large. Debout, nous appareillons.

Une petite brise fraiche accompagne les deux complices. La plus âgée a le sentiment d'avoir rajeuni de plusieurs dizaines d'années. Elle se remémore le temps où avec son mari ils décidaient d'aller manger chez Lucette, un fin cordon bleu tenant le plus simple mais aussi le plus réputé restaurant du village. En saison il faut réserver plusieurs jours à l'avance. En automne c'est bien évidemment inutile.

La patronne, tout sourire, les attend, son éternel tablier bleu ceint autour de la taille. Présentations. Embrassades. Etonnement de voir ce garçon qui a si vite grandi. Elle se souvient de lui, enfant. Orgueil de la grand-mère qui prétend qu'il est également devenu un jeune homme intelligent. La restauratrice croit bon d'ajouter :
- Et beau garçon en plus.
- ça, je ne te le fais pas dire !

Il n'y a que deux tables d'occupées. L'une par un jeune couple qui semble passer plus de temps à se regarder, saisir les mains de l'autre, qu'à se sustenter. La deuxième, ronde, cernée par quatre gaillards habillés de la même façon, portant des tenues sur lesquelles apparait le nom de l'entreprise qui les paye. Leur boulimie s'apparente à celle d'un ogre. Le travail manuel, c'est bien connu, donne de l'appétit. Lorsque ces deux tables se vident, la patronne s'approche de celle choisie par Martine, près de la devanture. La baie vitrée offre une vue magnifique sur le port où règne une eau noire parsemée de formes colorées et mouvantes émanant des lampadaires positionnés sur le quai et sur les pontons d'embarquement. Elle porte d'une main une bouteille, dans l'autre trois petits verres de digestif.

- Pour vous remercier de votre présence, je vais vous offrir l'une de mes... comment dire... compositions et je te demanderai, jeune homme de m'en donner les ingrédients.

Elle verse un liquide légèrement orangé dans les trois verres. Alexandre remercie, trempe ses lèvres dans le nectar. Sa moue dubitative réjouit la commerçante. Il retrempe ses lèvres démontrant un sérieux propre aux connaisseurs.

- Je ne suis pas un spécialiste, loin de là, mais il me semble qu'il s'agit d'une eau de vie de prunes.
- Exact !
- Mais il y a autre chose.
- Eh oui.
- Je pense que c'est du jus d'oranges pressées.
- Bravo, mais encore ?

Le jeune homme hésite, pose à nouveau son verre sur ses lèvres, sent le contenu de celui-ci, hoche plusieurs fois la tête tandis que son aïeule prend un malin plaisir à le voir si hésitant. Elle admire son talent de comédien.

- Là, c'est plus difficile. On jurerait... Non, ce n'est pas possible... On jurerait un arrière-gout de café... A part ça, je ne vois absolument pas.

Lucette ouvre des yeux si grands que l'on peut aisément deviner son étonnement.

- C'est exactement ça. Comment tu as deviné ? Alors ça ! C'est bien la première fois qu'un gamin de ton âge, me donne la bonne réponse. C'est louche, ça. Ta traitresse de grand-mère ne t'en aurait pas parlé avant des fois ?

La traitresse en question et son petit-fils ne peuvent retenir un rire commun et sonore :

- Pour être franc, madame, je dois vous avouer que si. Je ne suis pas un habitué des alcools forts et mon palais n'est pas suffisamment exercé pour faire de moi un spécialiste dans ce domaine.

- Bravo, Martine, belle mentalité ! Dit la femme en émettant un rire qui montre indubitablement qu'elle ne lui en veut pas.

- Je me disais aussi, le gamin il est fort pour quelqu'un de son âge. Allez, buvez et si cela vous fait plaisir je vous en offre un second.

Martine décline la proposition estimant qu'un seul suffit à leur bonheur et surtout à assurer qu'ils vont rentrer sur leurs deux jambes. La tenancière prend le relais :

- Ah, j'allais oublier. J'ai vu Ramin cet après-midi. Il devait être quatre heures et demie. Il m'a demandé si je me souvenais que j'avais reçu, il y a vingt-deux ans tout un groupe à manger le soir : cinq artistes, le comité des fêtes et le jury composé de six personnes. C'était suite à un concours d'œuvres éphémères sur la plage de la crique. J'ai demandé pourquoi il me posait cette question. Il m'a répondu que c'était juste pour savoir si j'avais remarqué quelque chose de spécial, des attitudes particulières… J'ai répondu que je n'avais rien vu d'extraordinaire et que de toutes façons, lorsque le restaurant est plein, je n'ai pas le temps d'observer de près les clients. J'ai autre chose à faire. Il m'a moitié fait la gueule. Je lui ai quand même offert un verre de rouge qu'il n'a pas refusé. Et puis il est parti en ronchonnant. Il est bizarre, des fois, Ramin.

Martine opine du chef, démontrant qu'elle partage, les propos de son amie de longue date, presque sa complice :

- C'est vrai. Il est aussi venu chez nous parce que mon gamin il a vu une jeune femme qui faisait le même dessin que la gagnante du concours de l'époque. Il veut écrire un article là-dessus. On le connait, hein, des fois le roi n'est pas son cousin.

 - Et alors ?

 - Ben, Alexandre a répondu qu'il ne la connaissait pas et puis voilà.

 - C'est bien ce que je disais, des fois il ne se prend pas pour n'importe qui. Il n'est pas flic, que je sache. Ça le regarde en quoi que cette jeune soit là ? Elle ne fait de mal à personne, surtout en cette saison. La petite plage est déserte.

 Martine regarde sa montre :

 - Bon sang il est tard, il va falloir rentrer mon gamin.

 On se dit au revoir, on s'embrasse et puis on se sépare en se disant à bientôt.

Martine a quelques difficultés à trouver le sommeil. Elle se demande ce que cherche maintenant Ramin. Il est venu la voir, a rencontré son amie Lucette. Qui d'autres ? Pas monsieur le maire, il est en cession du Conseil Régional et ne rentre qu'en fin de semaine. Depuis la nouvelle définition des régions, la sienne s'est considérablement agrandie et, du même coup, cela rend quasi impossible le retour chaque soir à son domicile. Trop de distance à parcourir. Parmi les membres du jury du concours d'œuvres éphémères deux sont décédés depuis. Ernest Lacroix usé par la pêche en mer et l'âge réunis, Louise Bretagne décédée dans un accident de voiture. Faut dire qu'elle s'entêtait à conduire alors qu'elle avoisinait les quatre-vingt-onze ans. Un carrefour un peu dangereux, une vue en baisse, des réflexes émoussés, une voiture qu'elle n'a pas maitrisée. Et ce fut un aller simple vers le paradis des vieilles dames. Audrey Fiterman a trouvé l'âme sœur et l'a suivie jusque dans les Alpes, histoire de changer d'air. Pierre Otton s'est fâché avec tout le monde et a démissionné, accompagnant son départ d'une sublime grandiloquence. Faut dire que Pierre a été, à toutes les élections, le rival malheureux du maire actuel et que ses scores frôlaient le ridicule sans entamer pour autant ses convictions. Il a toujours été un fervent admirateur de la Russie et de ses dirigeants. Il passe sous silence les milliers pour ne pas dire les millions de morts de Staline, le manque de liberté du régime en place, l'emprisonnement de Navalny, opposant à celui qui se prend depuis de nombreuses années pour le Tsar. Encore aujourd'hui alors que Poutine, qu'il faut distinguer du peuple russe, mène cette guerre inique suite à l'envahissement d'un Etat souverain, en l'occurrence l'Ukraine, il trouve le moyen de prétendre que la situation est à mettre au compte de l'impérialisme américain. Triste tableau qui rend difficilement compréhensible sa mansuétude actuelle. Il ne reste plus que Marianne Dupuis à consulter si ce n'est déjà fait et un certain nombre de femmes et d'hommes du comité des fêtes de l'époque. Martine se demande quels renseignements il a réussi à glaner et quel sera la teneur de son article. Elle se reproche d'avoir allumé la mèche qui risque de mettre le feu aux poudres.

    Trop tard.
    Le mal est fait

Dans la maison basse à l'orée du bois de pins, on commente la séance, Louane est plus que satisfaite. La venue du journaliste au bras dans le plâtre l'a comblée d'aise. Le fouineur a mordu à l'hameçon. Il est même venu avec son épouse qui ne s'est pas privée d'effectuer quelques prises de vues de l'œuvre accomplie. Ce n'est sans doute pas pour en faire une photo encadrée destinée à orner les murs du salon. Josie, toujours à l'affût, estime pour sa part, que la vieille dame, suppléant le handicap de son époux a au moins appuyé dix fois sur le déclencheur de son appareil photo. Béatrice, qui n'est pas femme à révéler facilement sa joie, rayonne :

- On avance, les filles, on avance ! La mèche est allumée. Le pétard ne va pas tarder à faire du bruit. Si Ramin écrit un article, surtout avec une photo, y'en a qui vont finir par poser les bonnes questions pendant que d'autres vont être mal à l'aise. Je ne donne pas de noms.

Josie prend le relais de sa mère :

- J'ai aussi remarqué l'intérêt que te porte le petit fils de Martine. Je ne parierai pas mon argent du mois qu'il n'est pas amoureux de toi.

Louane se veut légèrement offusquée, sans nier pour autant :

- Il faut tout de suite que tu parles d'amour.

- J'ai remarqué la façon dont il te regarde. Ça ne trompe pas. Je te dis qu'il en pince pour toi.

L'artiste hausse les épaules à plusieurs reprises tout en souriant sous cape :

- Je ne crois guère aux coups de foudre, ni aux contes de fées. Pour l'instant, mon esprit est ailleurs. J'espère Béatrice que tu as raison et que nous n'avons pas monté ce scénario pour rien.

- Fais-moi confiance. Notre affaire s'annonce bien.

- Espérons. Des fois j'ai des doutes. Est-ce que nous avons bien fait de nous lancer dans cette aventure. N'allons-nous pas être responsables de drames que nous ne maitriserons pas ?

- Non, non. Toute mauvaise action trouve sa récompense. J'ai entendu l'autre jour à la télé que l'on attribuait cette phrase à Audiard. Je suis tout à fait d'accord avec lui.

Répond Béatrice, laissant deviner, à la fois dans le ton de sa voix et le sens de la phrase citée, un désir de justice et de réparation légitimant leur initiative. Ouvrant le journal elle commente le temps prévu pour le lendemain. Cela ne s'annonce pas bien. C'est même franchement désastreux. Le quotidien affirme que la journée sera pluvieuse avec quelques fois des averses assez importantes. Louane affirme qu'elle ira quand même à la plage quitte à se réfugier sous l'abri bus. Elle doit être vue sur place, c'est important. Ses deux complices acquiescent. Josie, pour sa part, ne voit pas l'intérêt de sa présence. Compte tenu de la météo, personne ne va se promener. Et puis… il n'y a pas d'abri bus sous les sapins du bois

La météo a vu juste.

Il fait un temps à ne pas mettre un chat dehors... ni un humain. Les nuages bas défilent, menaçants. De temps à autres ils se déchargent de leur masse pluvieuse pour mieux poursuivre leur chemin. Louane a revêtu une grande cape verte plastifiée par-dessus ses habits habituels. Il est inutile qu'elle descende sur la plage. Elle élit domicile sous l'abri bus, pose son matériel à terre et s'assoit sur un siège pliant qu'elle a judicieusement amené. Elle ne l'avouera jamais ouvertement mais elle espère qu'Alexandre bravera le mauvais temps et la rejoindra sous son refuge. Ce jeune homme lui plait. Ce serait ridicule de le nier. Par ailleurs, bien que ce ne soit pas essentiel, il peut être un atout très utile pour elle dans la situation actuelle. La mer est grise, moutonnée et triste, la luminosité anémique, la visibilité restreinte. Une sale journée d'automne propice au découragement et au moral dans les chaussettes. Sans trop savoir pourquoi le doute ressenti la veille ne l'abandonne plus. L'action qu'elle mène avec ses deux complices ne va-t-elle pas provoquer l'inverse de ce qu'elles espèrent ? C'est possible. La population va-t-elle comprendre le sens de leurs agissements ? Ce n'est pas sûr. D'ailleurs, est-ce utile après toutes ces années ? Elle reste partagée. Parfois elle répond favorablement à cette question, pour, quelques minutes plus tard, émettre de sérieux doutes. Elle a souvent entendu ses proches proclamer ce qu'ils prônaient comme une vérité : Il *ne sert à rien de remuer la merde si ce n'est à dégager une sale odeur qui te reste longtemps dans les narines.*

Perdue dans ses pensées, elle ne voit pas Alexandre s'avancer vers elle. Il s'arrête à quelques mètres de l'abri bus et observe la jeune femme assise sur son siège pliant. Bien qu'étant physiquement présente, elle offre le spectacle d'une personne absente, prisonnière de ses questionnements et de ses doutes. Ses yeux pourtant grands ouverts ne distinguent rien de particulier. Ils fixent un point que nul autre qu'elle ne peut voir. Il attend qu'elle revienne sur terre, qu'elle reprenne sa place dans le monde réel. Le visage de Louane est impassible. On jurerait une statue de cire ou de pierre. Aucune véritable expression. Doit-il toussoter pour favoriser un retour à la réalité du moment ? L'interpeller gentiment, sans violence ? Il n'en sait rien. Cette attitude bizarre le désarçonne. Heureusement, le visage de la jeune femme s'éclaire de nouveau. Ses beaux yeux verts pétillent de leurs feux habituels. Elle est revenue sur terre. Quel mystère la hante à ce point ? Quelle souffrance a-t-elle endurée pour se murer ainsi avant de se livrer à son art qu'elle répète inlassablement chaque jour quand cela est possible ? Comment le savoir sans la heurter, la faire se replier un peu plus sur elle-même ? Une multitude de questions l'assaillent sans qu'il trouve pour autant les réponses.

Dès qu'elle l'aperçoit elle sursaute, surprise, de le voir debout, devant elle en ne montrant aucune impatience. Le sourire rassurant d'Alexandre souligne, s'il en est besoin, le côté sympathique du personnage. Elle le trouve beau et le croit sincère, incapable d'une manœuvre malhonnête. Toutefois elle ne doit pas perdre de vue l'objectif de l'opération menée. C'est vital. Elle doit contrôler ses pulsions et ses dires quand bien même cela lui coûte. Elle s'est jurée d'aller jusqu'au bout, de ne pas faillir, d'être solide comme un roc. Obstinée. Elle sait que tout cela a un prix, qu'elle est prête à débourser pour arriver à ses fins. Elle n'est pas seule et ne veut en aucun cas décevoir celles qui l'accompagnent dans cette aventure qui peut paraître singulière. Ses amies lui sont trop précieuses, voire indispensables. Elles entretiennent sa détermination, l'importance de l'action.

D'une voix douce, conviviale elle s'adresse à Alexandre :
- Toi, aussi tu aimes braver les éléments ?
- Sans doute. C'est la preuve que nous devons avoir quelques points communs.

Le jeune homme trouve sa réponse un peu osée, sans la regretter pour autant. Il s'avance pour se mettre à l'abri d'une averse précédée par quelques gouttes annonciatrices d'un peloton autrement plus violent qui ne tarde pas à se ruer sur eux. Pour éviter d'être atteints par l'averse, ils se reculent jusqu'au fond de l'abri.

- Je n'ai pas été aussi prévoyant que toi, je n'ai pas apporté de quoi m'asseoir.

- J'ai l'habitude d'être confrontée aux éléments.

Le silence prend le relais de ces quelques échanges anodins. Qui va s'exprimer le premier et pour quoi dire ? Une nouvelle fois la pluie agressive frappe le toit de l'abri Elle ruisselle le long des parois auteure d'une symphonie sauvage, voire guerrière, ce qui autorise Louane à proférer une nouvelle banalité :

- Quel temps de chien.

Elle est imitée par son visiteur guère plus inspiré :

- Oui, hein ! Remarque on est en novembre, Il ne faut pas s'attendre à un soleil éclatant, non plus.

- Tu as raison. C'est quand même un sale temps.

Nouveau silence que rompt le jeune homme conscient qu'à ce rythme-là la discussion ne va pas tarder à devenir dénuée d'intérêt :

- Je… Enfin, j'espérais sans trop y croire, que tu serais là.

- Eh ben si. Je suis là.

- Pour être franc, ça me fait plaisir.

Il s'est lancé. Il n'a plus qu'à attendre et surtout à espérer une réponse. Elle tarde un peu. La jeune femme parait réfléchir. Alors il relance à nouveau ce qu'il aimerait être une discussion avec le souhait de susciter un véritable échange :

- Je me disais qu'avec ce temps-là tu ne viendrais pas, car pratiquer ton art dans de telles conditions est impossible.

- Et ça l'est effectivement.

Cette réponse lapidaire ne le satisfait nullement mais il ne veut pas capituler. Il se sait capable d'une réelle ténacité. Au risque de briser un lien si ténu, il poursuit faisant preuve d'une audace qui ne lui est pas familière :

- Je suis venu parce que j'espérais que nous irions plus loin dans nos échanges, que nous en sachions plus sur l'autre, que...

Elle l'interrompt sans montrer d'agressivité. D'une voix calme teintée de bon sens elle s'exprime sur son tempérament, sa façon d'être :

- Tu sais, je te l'ai déjà dit, je ne suis pas une grande bavarde. Je n'ai pas l'habitude de m'épancher sur mes sentiments. On ne m'a jamais appris à le faire.

Alexandre prend la balle au bond :

- Je ne parle pas seulement des sentiments. Je pensais, au moins pour commencer, échanger sur les raisons qui te font tracer, tous les jours (quand le temps le permet) la même œuvre alors que sans doute tu es capable d'en créer d'autres. C'est un exemple.

- Tu es comme beaucoup de gens, tu veux tout savoir tout de suite. Les hommes en général ne sont pas très patients. Ils vont trop vite à ce qu'ils croient essentiel.

- Et là, ça ne l'est pas ?

- Non, pas pour moi en tout cas.

- Alors qu'est-ce qui est essentiel pour toi ? Vas-y, je t'écoute.

Une fois de plus elle réfléchit quelques secondes qui paraissent, pour Alexandre, une éternité

- De se sentir bien là où l'on est et avec qui l'on est. De goûter ce moment-là, sans trop se poser de questions, de profiter de l'instant, de le prendre comme un cadeau rare dans ce monde qui bouge tout le temps et qui nous réserve souvent de désagréables surprises lorsque l'on va trop vite. Savoir prendre son temps pour en être maitre. Quel luxe !

Alexandre est médusé. Décidément la jeune fille n'en finit pas de l'étonner. Ce qui le séduit le plus c'est qu'elle semble sous-entendre que sa présence lui procure du bien-être. C'est en tout cas ce qu'il veut comprendre des paroles qu'elle vient de prononcer. Cette supposition, qu'il prend pour une réalité, lui réchauffe le cœur. Le soleil vient de percer les nuages. Il ose une question qui frôle la précipitation, voire la maladresse :

- Et là, en ce moment, tu es bien ?

Louane, fidèle à son habitude, ne répond pas tout de suite. Elle le regarde longuement ce qui fait monter le rouge aux joues d'Alexandre qui se reproche aussitôt son impudence. Pourquoi a-t-il fait preuve d'une telle effronterie ? Elle perçoit le malaise de l'audacieux. Bizarrement, elle n'a pas détesté sa réplique. Elle lui donne même un charme supplémentaire d'autant plus qu'elle a été émise sans forfanterie :

- Je dois bien avouer que oui. Je me sens bien. Pourquoi le nierai-je ?

C'est au tour d'Alexandre de devenir muet. Il ne trouve aucun mot pour dire ce qu'il ressent. Des dizaines de vocables se bousculent dans son cerveau en surcharge sans qu'il en trouve un qui soit adéquat. Trop pauvres ! Pas suffisamment à la hauteur de ce qu'il éprouve. Il est sauvé, si l'on peut écrire cela, par l'arrivée d'Octave Ramin qui s'approche d'eux d'un pas de sénateur.

C'est la stupéfaction sous l'abri bus. Que vient faire ici ce vieux raconteur des histoires locales par un temps pareil ? Louane regarde Alexandre en haussant les épaules. Il lui répond par une gestuelle identique. Leurs yeux se plissent. La méfiance se fait commune face à cette visite inopinée. Le ciel s'associe à leur ébahissement mutuel en devenant de plus en plus anthracite. Le journaliste n'en n'a cure. Il avance, sa casquette rivée sur sa tête, le bras gauche en écharpe, un imperméable, le col relevé, qui lui descend jusqu'aux bas des mollets, une manche vide :

- Bonjour ! Quelle surprise ! Je croyais avoir entendu hier que vous ne vous connaissiez que très peu et je vous trouve là, discutant comme de bons copains. Remarquez, cela me convient. Je peine à terminer l'article que je dois faire parvenir à ma rédaction avant seize heures. Je suis à la recherche de quelques éléments importants que vous allez sans doute pouvoir me fournir.

Les deux jeunes gens sont tellement étonnés qu'ils en oublient de rendre la politesse à l'homme qui ne semble pas s'en formaliser :

- J'ai acquis pas mal d'infos. Je sais que vous logez, mademoiselle, chez madame Béatrice Malinge et sa fille Josiane que tout le monde, Dieu seul sait pourquoi, appelle Josie avec laquelle vous êtes amie. Cette dame a été une proche de l'artiste qui a obtenu, ici même, le premier prix lors du concours d'œuvres éphémères en juillet 2000. Le monde est petit n'est-ce pas ? C'est peut-être un hasard que vous traciez inlassablement le même motif sur la même plage vingt-deux ans plus tard. On voit de nos jours tellement de choses étranges que l'on ne s'étonne plus de rien.

Alexandre, en chevalier défenseur de la gent féminine, l'interpelle d'un ton peu amène :

- Si vous en savez autant pourquoi venir nous poser des questions ?

Ramin ne semble pas affecté par le ton assez cassant employé par le petit-fils de Martine. Après un court moment de réflexion il fait part de sa réprobation devant une attitude aussi peu sympathique qui, d'après lui, ne se justifie pas :

- A quoi bon ce ton vachard que vous utilisez à mon égard depuis hier Jeune homme ? Le fait que vous soyez le petit fils de Martine ne vous autorise nullement à être insolent. Par ailleurs, sachez que ma démarche de questionnement n'est pas contre vous ni contre cette jeune femme. Bien au contraire. J'essaie de faire mon travail le mieux possible et d'apporter des réponses aux questions légitimes que se pose la population de la commune. Beaucoup trouvent étrange, mademoiselle, le fait que vous exécutiez chaque jour la même œuvre et que celle-ci soit la copie conforme de celle réalisée vingt-deux ans plus tôt par une autre femme. Quelles sont donc vos motivations ?

Louane ne répond rien. Elle se mure dans un silence qui semble impénétrable. Silence quelque peu incommodant pour le correspondant local de la presse écrite, d'autant plus que les yeux verts de la demoiselle sont incisifs. L'homme aguerri, qui se vante d'en avoir connu d'autres, ne désarme pas. Il est investi d'une mission. Il va faire face :

- Je vais vous livrer les informations en ma possession. Je ne recherche que votre collaboration. Je vous l'assure à nouveau, je ne suis pas contre vous et n'ai nulle intention malveillante. Pourquoi en aurais-je ? Pourquoi me traiter en ennemi ? Je sais où se trouve actuellement madame Myriam Balmin, mais je n'ai pas pu la joindre. Je sais également qu'elle a une fille prénommée Laurence. Je sais que…

Louane se lève de sa chaise pliante. Pâle. Ses yeux sont, en revanche, toujours aussi vifs :

- Ecoutez, monsieur. Comme vous le disiez tout à l'heure, le monde est petit. C'est une ancienne professeure d'arts plastiques de madame Balmin qui m'a enseigné l'art éphémère et fait travailler l'œuvre réalisée ici il y a longtemps. Elle m'a dit que c'était une réalisation majeure, magnifique et m'a en quelque sorte désignée pour reprendre le flambeau abandonné par madame Balmin pour des raisons qu'elle ne m'a pas données. Elle a même organisé une rencontre entre la créatrice de l'ouvrage dont nous parlons et moi-même. C'est à cette occasion-là que j'ai fait connaissance avec Béatrice et sa fille qui est devenue, comme vous l'avez précisé, mon amie. Vous voyez tout s'explique simplement et rend inutiles vos supputations stériles.

Alexandre est ravi que Louane tienne tête au journaliste local. Elle démontre sa capacité à s'exprimer, à défendre ses idées. En revanche Ramin ne se satisfait pas des réponses fournies. C'est un fouineur, comme l'a qualifié Josie. Il est rusé et ne lâche pas facilement sa proie. On ne le surnomme pas pour rien le renard de l'information :

- Mais pourquoi répétez-vous chaque jour la même œuvre ?

Louane souffle bruyamment affichant avec ostentation sa lassitude :

- Vous êtes insatiable. Pourquoi ? Pourquoi ? Vous n'avez que ce mot à la bouche.

- C'est le propre d'un homme qui recherche la vérité. Sans questions pas de réponses. Pas de réponses... pas d'information. Pas d'information... l'ignorance... le doute... la propagation des hypothèses plus ou moins dangereuses et souvent partisanes... les erreurs parfois fatales. Voilà les raisons de ce que vous appelez mon insatiabilité.

Fidèle à sa réputation, Ramin n'est pas avare d'arguments percutants. Sa longue expérience des humains et des faits lui autorise de pertinentes analyses dans le but de désarçonner ses interlocuteurs, le rendant redoutable. Louane lance un regard suppliant vers Alexandre, quémandant implicitement son aide. Celui-ci ne se fait pas prier. Il intervient sans prendre le temps de la réflexion :

- Vous allez finir par être en retard dans l'envoi de votre article monsieur et du même coup vous risquez que votre journal ne puisse pas le faire paraître ce qui engendrerait chez vous une certaine frustration... Enfin je suppose. De plus, je crois deviner que mademoiselle est fatiguée de vos incessantes questions.

Louane confirme les propos d'Alexandre en hochant positivement la tête tandis que le jeune homme, encouragé par ce geste, prend de la hardiesse :

- Il y a un moment où la multiplicité des questions finit par dépasser le seuil de tolérance de celui ou celle qui subit un trop long interview. Je suis sûr que votre immense expérience en la matière vous l'a enseigné.

Ramin, tout en regardant sa montre bracelet, offre un sourire condescendant :

- Vous êtes le digne petit-fils de votre grand-mère, jeune homme. Vous avez la réplique facile marquée du sceau du bon sens, enfin de votre bon sens personnel, teinté de l'impertinence propre à votre âge. Je vais terminer mon article avec les quelques éléments que m'a fourni mademoiselle, n'en doutez pas. Il paraîtra demain croyez-moi. Je n'abandonne pas. Je n'abandonne jamais. Vous n'en avez pas fini avec moi. Je vous l'assure de façon claire et nette. Au revoir jeunes gens.

Sur ces mots, promettant des retrouvailles, il s'en va comme il est venu d'un pas d'apparence tranquille quand bien même sous son crâne la colère domine contre la jeunesse d'aujourd'hui, arrogante et impertinente. De son temps ce n'était pas la même chanson. Les enfants apprenaient la politesse, le respect des anciens tandis que maintenant... Quel monde nous prépare-t-on ? Quelle misère ! Quelle décadence ! Quel abandon coupable des parents !

Louane et Alexandre regardent s'éloigner le vieil homme. Ils sont à la fois soulagés et anxieux. La promesse du journaliste laisse planer sur eux un malaise qu'ils n'osent se confier mutuellement. Quel est son degré de nuisance ? La jeune femme est partagée. Le chroniqueur local va-t-il être un handicap ou une aide pour que ses compères et elle-même atteignent l'objectif qu'elles se sont fixées ? Le jeune homme ne voudrait pas que cet énergumène nuise à son aïeule. Il se rassure aussitôt en pensant qu'elle est fort capable de se défendre elle-même. Ce n'est pas une femme facilement influençable. Elle n'est jamais à court d'arguments.

Lorsque Ramin disparait de leur vue, les appréhensions qu'il a suscitées s'estompent. Les voilà à nouveau seuls. Une réelle complicité est née de ce moment particulier. Ils ont fait front. Ensemble. Dans leurs regards on peut lire des promesses, des lendemains qui chantent une ode digne de celles qui célébraient un athlète vainqueur à l'un des grands jeux de la Grèce antique. Alexandre exprime le premier son aversion envers celui qu'il considère comme un odieux bonhomme :

- Quel emmerdeur ce type.

Louane est plus nuancée :

- Admettons qu'il fait son boulot de journaliste. Sa démonstration n'est pas totalement fausse. Lorsque les gens s'interrogent sur un événement, il est parfois bon que quelqu'un réponde, d'une façon ou d'une autre, à leurs craintes pour ne pas laisser courir les interprétations sujettes à caution.

- Tu as peut-être raison. En tout cas moi, je le sens mal ce vieux monsieur.

- A propos justement de lui, il a dit qu'il t'avait rencontré hier. C'est vrai ?

- Effectivement il est venu chez ma grand-mère. Il voulait que je lui parle de toi, enfin plutôt que je lui explique les raisons qui te font venir ici, sur cette plage, pour tracer tous les jours la même œuvre éphémère. Je lui ai répondu que je te connaissais à peine, que nous n'avions échangé que quelques mots et que je ne pouvais rien lui dire de plus. Il a insisté, je l'ai un peu rembarré. Il n'a pas trop aimé. Quand bien même tu m'en aurais dit plus, je ne lui aurais rien révélé. C'est un vieux filou en qui je n'ai aucune confiance. Jamais je ne te trahirai. Jamais.

- Merci.

Elle s'avance vers lui et dépose un chaste baiser sur sa joue droite. Le visage d'Alexandre s'empourpre. Il ferme les yeux pour mieux recevoir ce magnifique présent et reprendre lentement ses esprits. Il aimerait bien en savoir un peu plus sur la situation, sur les raisons qui animent l'artiste, mais il ne veut pas être apparenté à ce fouineur de Ramin qu'il vient d'éreinter. Il attendra que la jeune femme se décide à lui confier son secret car, il en est maintenant certain, elle cache un souvenir sûrement douloureux. Il ne veut pas non plus se perdre en conjectures porteuses d'erreurs et de sales sous-entendus. Il finira bien par savoir. Pour l'instant il se sent parfaitement serein en sa présence. Jamais il n'a connu pareille plénitude. Il décide de faire confiance à sa perception personnelle. Louane est une fille bien, une artiste brillante, sensible et une femme magnifique qui mérite cent fois d'être aimée. Il ne veut absolument pas lutter contre l'attirance qu'il éprouve pour elle, bien au contraire. Il découvre des sensations nouvelles et profondes qui le transcendent. C'est tellement merveilleux ! Quoi qu'elle ait fait, quoi qu'on en dise, quoique qu'elle ait subi, il la défendra de toutes ses forces, de toute son âme. Il est persuadé qu'elle n'est coupable de rien et que c'est plutôt elle la victime d'il ne sait de quoi ou de qui. De cela aussi il en est convaincu.

    Elle a retrouvé l'assise du siège pliant. Elle le regarde, devine chez lui un questionnement intérieur mais il est trop tôt pour qu'elle se livre malgré son désir de l'informer. Elle craint que lui aussi condamne le projet qu'elle entend mener jusqu'à son terme malgré ses propres doutes. Elle repense à cette phrase de Béatrice : *Une mauvaise action trouve toujours sa récompense.* C'est elle qui a raison. On ne peut pas tout pardonner.

    Impossible !

    Le ciel s'est lentement séparé des encombrants nuages. Seuls sont autorisées quelques volutes ouatées et inoffensives qui s'éparpillent au gré d'une légère brise. Elle regarde sa montre bracelet. La mer a commencé son lent mais inexorable retour vers le rivage. Elle n'aura pas le temps de se livrer à son travail journalier. Il est inutile de descendre sur la plage d'autant que trois touristes s'y promènent le nez au vent, emmitouflés comme s'ils devaient lutter contre les rigueurs du grand Nord.

    Elle se lève à nouveau :

    - Bon, il va falloir que j'y aille. Il est maintenant trop tard pour commencer quoi que ce soit.

    - Déjà !

- Oui, je regrette je serais bien restée un peu plus longtemps, mais…

- Avant de venir, j'ai regardé la météo pour demain. Elle annonce une nette amélioration. En tout cas pas de pluie mais de la fraicheur.

- Alors en fonction de la marée, je serai là vers treize heures.

- Après ta… prestation on pourrait peut-être se promener jusqu'à la grande plage en longeant la mer par le sentier.

Elle lui sourit. Son regard laisse entendre qu'elle en sera ravie :

- D'accord !

Alexandre ne cache pas sa joie. Ses yeux pétillent de bonheur. Ses doigts s'entrelacent comme pour prier Dieu en remerciement d'un bienfait :

- Formidable !

Alors qu'ils vont se séparer, le ciel, une fois de plus se déchaine comme s'il désirait les obliger à rester ensemble. C'est une véritable trombe d'eau qui s'abat sur l'abri bus et les alentours. Un rideau presque opaque limite l'horizon et les emprisonne dans l'espace restreint leur tenant lieu de refuge contre le déluge qui les isole du monde environnant.

- La vache, ça tombe dru, dit Alexandre.

- ça va faire du bien à la terre. Il faut savoir prendre les choses du bon côté, rétorque Louane.

Ils se regardent. La tentation est grande de se prendre dans les bras, mais aucun ne veut endosser l'initiative, ignorant la réaction de l'autre, ne voulant pas être responsable d'un élan trop précoce qui risque de tout ruiner. Ils se contentent de regards complices tout en se promettant, en leur for intérieur, d'être plus entreprenants la prochaine fois.

Combien de temps a duré l'averse, ils sont incapables de le dire. Ils naviguaient dans un autre monde, dans une autre dimension. Lorsque l'élément liquide a laissé la place à un ciel légèrement plus clément ils quittent enfin leur havre.

Ils font quelques pas ensemble, émettent quelques phrases sans conséquence avant de se séparer. Les semelles des chaussures de la jeune artiste empreignent le sol gorgé d'eau du bois de pins. Lui poursuit son chemin, vers le port, la tête remplie d'espoir.

- A demain !
- A demain !

Martine est à la fois inquiète et culpabilisée. A maintes reprises elle a regardé par la fenêtre donnant sur la rue avec l'espoir de le voir apparaitre. Les deux violentes averses survenues en peu de temps la paralysent. Déjà l'avant-veille, sans le montrer, elle avait craint des complications en voyant l'état dans lequel s'était présenté Alexandre. Elle espère qu'il a aujourd'hui trouvé un refuge sinon… Elle s'en veut quelque peu de ce qui peut être pris pour du laxisme de sa part, du refus de s'opposer aux comportements inconscients du jeune homme considéré comme un être fragile. Mais bon sang, il a le droit de vivre sa vie. Il est majeur. De quel pouvoir jouit-elle pour s'opposer à ses choix, somme toute conformes à ceux d'un garçon de son âge ? Elle se doute qu'en cas d'ennuis, elle sera montrée du doigt par le reste de la famille et haïe par sa belle-fille. Toutes ces idées tourbillonnent dans son crâne. Elle hésite à partir à sa recherche. Comment le prendra-t-il ? Ne sera-t-il pas humilié par un acte qu'il pourrait considérer comme infantilisant. Elle se répète qu'il a dix-neuf ans. Qu'il n'a jamais montré de comportements irresponsables. Qu'il est un jeune homme sensé et libre, bien plus raisonnable que beaucoup de ses semblables. Elle tourne en rond dans la cuisine, s'impose des va-et-vient vers la fenêtre à chaque fois plus angoissée.

Et puis elle l'aperçoit.

Il marche d'un bon train. Son visage est celui d'un homme heureux, nullement épuisé, parfaitement sec. Le ouf de soulagement qui fuse des lèvres de la grand-mère dénonce sa délivrance. Elle ne veut pas se précipiter pour lui ouvrir la porte et trahir son impatience et sa peur. En la rejoignant dans la cuisine il s'excuse :

- Je suis un peu en retard, mais j'ai pas mal de choses à te dire.

Le ton léger et primesautier employé par Alexandre la rassure complètement :

- Il est tard, tu vas pouvoir me raconter tout cela à table, parce que le repas est prêt.
- D'accord.

Chacun prend le temps de s'asseoir, de poser sa serviette de table sur les genoux, la bleue pour Alexandre, la verte pour l'aïeule, de se servir :
- Allez, tu me racontes tout ça.

Le petit-fils ne se fait pas prier. Il donne les détails sur la présence de Louane assise sur son siège pliant sous l'abri bus, de la première averse. Il narre l'arrivée de Ramin toujours aussi fouineur, les réactions que ses propos ont suscitées, et tout le reste. Enfin il n'oublie pas la seconde nuée ni les promesses d'un lendemain enchanteur. Au fur et à mesure de la narration Martine montre un visage de plus en plus radieux. Seul le passage sur Ramin suscite une moue rageuse.
- Quel vieux machin ! Donc, si je comprends bien, son article va paraître demain. Je suis impatiente de savoir ce qu'il va raconter. Parfois il a la dent dure, l'animal.

Concernant la relation d'Alexandre avec Louane, Martine se montre franchement ravie :
- Tu ne peux pas me faire plus plaisir. Tu sais le comportement de cette jeune fille me rappelle l'histoire de Pénélope.

Alexandre ouvre des yeux aussi grands que son étonnement :
- Pénélope ?
- Oui, Pénélope. C'est sûr que ce n'est pas en tapotant sur vos smartphones pour y faire des jeux que vous allez vous instruire. Ces trucs-là ne valent pas les livres. Loin s'en faut. Pénélope était la fille du roi d'Ithaque sur la mer Ionienne. Son père veut que son futur gendre soit digne d'elle. Il organise une épreuve éliminatoire. A l'issue d'une course, ou quelque chose comme ça, Ulysse, beau et intelligent, l'emporte et devient le mari de la belle. Mais la guerre de Troie est déclarée et Ulysse doit y participer. Au bout de quelques années

d'absence, certains le prétendent mort ce qui attise la convoitise de nouveaux et nombreux prétendants. Je te passe les détails mais il sera absent pendant vingt ans. Vingt ans ! Tu te rends compte ! Pénélope ne veut pas croire au décès de son époux. Elle trouve alors un stratagème. Elle déclare qu'elle accepte d'épouser l'un de ses prétendants, mais qu'avant elle doit tisser un linceul pour son beau-père et qu'elle ne se décidera qu'après ce travail achevé. Elle commence son ouvrage, mais à l'abri des regards, elle défait la nuit ce qu'elle a fait le jour jusqu'à cet instant où Ulysse réapparait et élimine tous ces voyous qui ont spéculé sur sa mort.

- Excuse-moi, mamie je ne vois pas trop le lien entre cette Pénélope et Louane.

- Pénélope défait elle-même son ouvrage, ta petite copine laisse ce soin à la nature, en l'occurrence l'océan. Les deux détruisent leur œuvre. Pour Pénélope on en connait les raisons, pour Louane, il y en a sûrement une. Reste à savoir laquelle.

- Ce n'est pas un peu tiré par les cheveux ?

- Tu n'as peut-être pas tort, mais mon raisonnement est plausible.

- Mamie, ce que fait Louane c'est du Beach Art. Elle n'est pas la seule à exercer cet art-là.

- Cela ne prouve rien. Chaque artiste a ses raisons, ses motivations. Tu les connais, toi les motivations de Louane ? Franchement.

Considérant que la conversation risque de tourner en rond et qu'il ne sert à rien de vouloir persuader Martine que la route qu'elle emprunte est particulièrement sinueuse, Alexandre n'insiste pas. Après tout, elle n'a peut-être pas complètement tort. Chacun est différent. En admettant que la vieille dame ait raison, il ne saisit pas pour autant le but que poursuivrait Louane et encore moins ce que serait son utilité à lui dans cette histoire ? Cela voudrait-il dire qu'on lui a assigné un rôle ? Cela reviendrait à penser qu'on le manipulerait.

Impossible ! Qui donc agirait en douce, peut-être à l'insu de son amie ? Les yeux verts et profonds de Louane ne peuvent pas mentir à ce point.

Difficile à dire.

Dans la maison basse, à l'orée du bois de pins, les trois femmes sont assises autour de la table de la cuisine. Louane, à la demande de ses deux amies toutes ouïes, rend compte de cette matinée très particulière. Elle informe son auditoire attentif des propos du journaliste local venu par ce temps pourri fouiner du côté de la plage de la crique.

- Il a montré sa surprise de nous voir sous l'abri bus, Alexandre et moi. Est-ce que c'était feint ? Impossible à dire. Avec une jouissance qu'en revanche, il n'est pas arrivé à dissimuler, il nous a informé avoir rencontré pas mal de gens et récolté un nombre conséquent de renseignements (dont certains seraient instructifs) dans le village… ailleurs ? Il sait que je loge ici, chez vous et que toi Béatrice tu es amie avec l'artiste. C'est le mot qu'il a employé. Il sait également son nom et son prénom, puisque c'est lui-même qui l'a interviewée lors du concours d'œuvres éphémères et pour me le prouver il l'a révélé. Il a même prétendu avoir essayé de la joindre sans résultat tout en sachant où elle se trouve. Si c'est vrai, c'est qu'il est très fort. Moi, j'en doute. Vous voyez le genre. Plaidait-il le faux pour savoir le vrai ? Je n'en sais rien du tout. En tout cas il est persuadé détenir du lourd et que l'article à paraître demain va faire du bruit dans le Landerneau local.

- Moi, il n'est pas venu me voir. Qui l'a renseigné ? Ce ne peut être que quelqu'un d'âgé habitant depuis longtemps dans le village parce que la dernière fois que nous nous sommes vues ici, Myriam et moi, c'était il y a bien une quinzaine d'années. Hélas.

Un discret voile de tristesse s'abat sur le visage de Béatrice. Visiblement elle retient ses larmes, trahie par un léger tremblement du menton et des yeux qui commencent à s'embuer. Josie pose sa main droite sur les genoux de sa mère. Celle-ci tente un sourire crispé, sort un mouchoir de la poche de son pantalon et se tamponne délicatement le visage comme si elle est persuadée que des larmes coulent sur ses joues. Un lourd silence envahit la pièce. Sous les crânes le tumulte est flagrant. Les souvenirs affluent. La maitresse de maison, une fois le calme intérieur retrouvé, se lève et commence à dresser la table aidée par Josie et Louane. Il est temps de se nourrir. Toutefois le silence est de mise. Les émotions sont encore palpables. Louane mesure l'immensité du désarroi de Béatrice. Cette dernière trouve toutefois la force de penser que le délateur ne peut être que Desrues.

- Celui-là, il mange à tous les râteliers. Il sait absolument tout sur les affaires du village et c'est souvent lui qui renseigne Ramin qui ne demande que ça. Il faisait, je m'en souviens, partie du comité des fêtes en 2000. Le plus terrible c'est que ce n'est pas un méchant homme. Peut-être un peu trop influençable, trop désireux de rendre service, surtout à Martine.

Louane tente de banaliser voire de trouver la situation favorable à leur projet.

- C'est peut-être un mal pour un bien. A mon avis, les écrits du journaleux vont faciliter la réussite de notre projet. Enfin, je le crois.

Josie prend la balle au bond :

- Je suis d'accord avec toi. Le loup va sûrement sortir du bois, surtout s'il est mis en cause, ce qui ne m'étonnerait pas. Je ne suis pas certaine que Ramin soit un fervent admirateur du loup en question. Ce qu'il cherche c'est d'être celui qui dénonce les supposées injustices, les saloperies quotidiennes. Il s'en repait, lui l'incorruptible, l'homme au-dessus du commun des mortels. Il dénoncerait père et mère pour démontrer à la population qu'il combat le mal. C'est un peu l'ange blanc du village. Il faut aussi se rappeler que c'est nous qui avons allumé la mèche avec l'espoir que Ramin, que l'on connait bien, allait réagir. C'est ce qu'il a fait. Maman, je sais que c'est douloureux pour toi comme pour nous de remuer tous ces souvenirs, mais nous devons faire face à la situation que nous avons créée quand bien même ça nous fait mal. Crever un abcès n'a jamais été indolore.

Béatrice opine du chef, s'approche de sa fille et l'embrasse tendrement. Josie demande comment a réagi Alexandre.

- Bien, très bien. Il m'a constamment soutenue. Un moment il a même mouché Ramin qui s'est défendu comme il a pu en répétant qu'il ne nous voulait aucun mal, bien au contraire.

- Je te l'ai déjà dit, maintenant, j'en suis sûre, il est fou amoureux de toi.

- Amoureux, amoureux, tu n'as que ce mot à la bouche

Béatrice incite les deux filles à passer à table.

Elle n'a pas terminé sa phrase que Germain, son mari, entre par la porte de la buanderie :

- J'arrive au bon moment. Vous n'avez pas encore mangé ! Moi qui me persuadais qu'il allait falloir me contenter d'un sandwich.

Germain est marin pêcheur. Il a un petit bateau et un matelot comme homme d'équipage. C'est un être calme ce qui ne l'empêche pas de chérir la mer et sa famille. Le reste…

A peine entré, il perçoit que l'ambiance n'est pas au beau fixe :

- Qu'est-ce qui se passe ? Vous avez des têtes de déterrées.

Béatrice explique en quelques mots la situation :

- Ramin a écrit un article qui va paraître demain. Les souvenirs nous sont revenus comme des boomerangs.

- C'est ce que vous souhaitiez, non ?

- Si bien sûr que si, mais…

- Mais vous craignez ce que cela va déclencher. C'est ça ?

- Entre autres. Ça nous remue un peu. Voilà.

Germain pourrait préciser qu'il les avait prévenues. Que tout cela n'était pas une bonne idée, mais il n'en fait rien. Inutile d'introduire en plus un sentiment de culpabilité. Il se contente de dire que ça ne sert à rien de se tracasser tant que l'on ne connait pas la teneur de l'article. Que celui qui a le plus à craindre, c'est le loup. Chez les Malinge, il y a plusieurs années que la véritable identité de celui qui attire le courroux est proscrit. Il est définitivement appelé du nom du mammifère carnivore, féroce et méchant. Il comprend les raisons animant les trois femmes qui sont en face de lui, mais il ne veut pas être mêlé à cela. Il n'hésitera pas à les défendre si d'aventure ça tourne mal. Il a toujours pensé qu'il était trop tard pour balancer sur la place publique un acte répréhensible, mais combien trop ancien. Le temps efface souvent les rancœurs et c'est plutôt positif. Germain est un solitaire. Un homme qui aime naviguer, pêcher, braver les éléments. Son bateau c'est son refuge, la mer son domaine. Les deux violentes averses de la matinée l'ont dissuadé de quitter le port. Par ces temps mouvementés la pêche est rarement fructueuse. La météo marine prévoit pour le lendemain un ciel plus apaisé, une mer moins coléreuse. Il n'a plus l'âge de jouer au fanfaron. Par ailleurs les affaires ne marchent pas trop mal, une journée sans pêche ne le ruinera pas, d'autant moins que le prix du gas-oil est un frein au pari risqué. Il a connu Myriam, une gentille et belle femme qui ne méritait pas le sort qui a été le sien. Le loup comme l'appelle Béatrice est un type qu'il n'apprécie pas, mais le mal est fait. Les choses sont ce qu'elles sont. Il faut essayer de vivre avec et aller de l'avant. Après avoir rajouté un couvert sur la table Il s'assoit :

- Allez, on mange. J'ai une faim de... loup. Il est tard. C'est quoi le menu ?

Les visages se décrispent un peu. Béatrice s'approche de son mari et dépose sur ses lèvres un tendre baiser devant les deux jeunes filles souriantes :

- Heureusement que tu es là.

La nouvelle se répand comme une trainée de poudre embrasée dans la mini société locale. Elle s'invite sur les trottoirs des rues, des ruelles, des places, dans les commerces et même en famille. Elle s'infiltre entre les portes ou les fenêtres à demi ouvertes et provoque stupéfaction et débats :

- Ramin, fidèle à sa réputation, a écrit un article sur la présence quasi journalière d'une jeune femme qui trace, depuis quelques jours, une œuvre éphémère, toujours la même, sur la plage de la crique. Elle possède la particularité d'être identique à une autre créée, ici-même, il y a vingt-deux ans. Quelles sont ses motivations ? Qui provoque-t-elle ? Cet article doit paraître dans l'édition de notre quotidien local demain vendredi.

Ça interroge forcément. Ramin a-t-il résolu le mystère dont il est question et qui interpelle chacun des habitants de la commune ? L'annonce, si elle est exacte, promet la fin de l'énigme posée depuis quatre jours. Il suffit de lire le journal du lendemain pour cesser de se creuser la cervelle et avoir enfin des réponses sur ce fait divers peu commun.

Qui le premier a fait courir la rumeur ? Ce n'est pas l'auteur du futur article. Il l'affirme haut et fort. Ce n'est pas son genre. Il n'a nul besoin de publicité préalable pour être lu. Nous ne le saurons sans doute jamais. Certains adorent agir dans le secret que ce soit pour permettre le bien ou favoriser le mal. Un ou des altruistes, en somme.

Les gens de la commune sont tentés de croire le journaliste local. Ce n'est sans doute pas lui l'auteur de cette révélation. Ramin est un type particulier, généralement bien informé. Il n'a jamais procédé de la sorte la veille de la parution de ses découvertes, dont certaines dans le passé ont fait grand bruit. Aussi loin que l'on se souvienne de ses écrits journalistiques, il n'a qu'une seule et unique fois été mis en défaut. C'était il y a longtemps. Si longtemps que la plupart des citoyens du village sont incapables d'en mentionner la date. Seuls quelques opposants à ses idées peuvent encore en parler. C'était il y vingt-cinq ans. Il avait affirmé que le conseil municipal n'accepterait jamais le projet d'une cité privée regroupant des centaines d'appartements et de maisons au titre de résidences secondaires. Il se disait bien informé... de source sûre. La suite des événements lui a donné tort. Il en a gardé un ressentiment envers ceux qu'ils qualifiaient d'informateurs bidon et ne se fie plus dorénavant qu'à lui-même. C'est un signe de sagesse, assurément. On apprend toujours de ses erreurs.

Mais, si ce n'est pas lui, qui est cet informateur ou cette informatrice ? Toute la commune se pose la même question, sauf bien sûr l'intéressé(e).

Cette nouvelle qui circule, si elle suscite l'intérêt d'une grande majorité de citoyens (il se passe si peu de choses pendant les saisons creuses dans ce petit village côtier) engendre de profondes inquiétudes chez certains autres, les empêchant de trouver le sommeil auquel ils ont droit.

Martine craint particulièrement la prose du journaliste local. Elle appréhende sa plume qui sait être vacharde envers ceux qui s'opposent à lui ou n'entrent pas dans sa logique. Elle craint pour son petit-fils plus que pour elle-même. Jamais Ramin ne s'opposera à elle de façon frontale. Elle a trop de répondant. Elle jouit d'une trop grande et belle réputation. Mais son petit-fils peut être considéré comme une proie facile et, qui sait, un moyen détourné de s'attaquer à elle. Par ailleurs on ne peut pas dire qu'Alexandre ait accepté de collaborer avec l'homme de presse. C'est le moins que l'on puisse dire. Et ça, Ramin ne le supporte guère. Elle affirme qu'elle se dressera devant lui si par hasard il s'en prend à sa famille. Elle invente quelques attaques possibles et imagine ses contre-offensives. Pas de cadeau ! Elle y mettra tout son talent. Toutefois elle se reproche d'avoir agi trop précipitamment. Pourquoi s'est-elle intéressée à cette jeune fille au point d'en parler à Desrues qui, tout le monde le sait, lui porte une admiration sans borne ? Elle a encore perdu une occasion de se taire. Enfin peut-être.

Desrues est également agité. C'est lui qui a eu l'idée de rencontrer Ramin. Comment faire autrement quand Martine l'appelle à l'aide ? C'est une femme qui force l'admiration, courageuse, proche du peuple, toujours souriante et secourable. Ramin c'est le gardien de l'histoire de la commune. Il a cru que c'était l'homme à contacter. Il aurait dû savoir que le journaliste se fait un devoir de s'intéresser à tout ce qui se passe ici, surtout si une part de mystère s'ajoute à la gloire qui est la sienne de traquer l'étrangeté d'une situation. C'est un tenace. Il ne lâche jamais sa proie. Il faut dire que dans le cas présent, il y a de quoi s'interroger. Du pain béni pour un homme comme lui. Une histoire qui lui redonne une partie de sa jeunesse. Un cas unique et tellement rare qui le sort de son ennui. C'est un être en perpétuelle quête d'action. Il supporte mal le désœuvrement. L'homme qui ne dort pas se demande quand même où tout cela va l'entrainer. Il espère qu'il n'aura pas à regretter le service rendu à l'ex-épicière. Il se répète qu'il ne peut plus rien y faire, qu'il lui suffit d'attendre que la messe soit dite. Tout cela tourne en boucle dans sa tête ce qui ne favorise pas l'endormissement. Il va dans la salle de bains boire un verre d'eau qu'il aimerait salutaire, se recouche sans faire de bruit pour ne pas réveiller son épouse. Elle possède toutefois la réputation d'être une dormeuse invétérée qu'aucun tremblement de terre, aucune explosion, même nucléaire, ne réveillerait. Il l'envie. Quelle chance elle a !

Le sommeil fuit également Louane. Ses doutes ont repris le dessus. Ses lancinantes questions l'accaparent complètement. Comment tout cela va-t-il se terminer ? Sera-t-elle plus heureuse une fois cette affaire achevée ? Ne se reprochera-t-elle pas d'avoir fait plus de mal que de bien ? Qui sera le bénéficiaire de cette action concoctée avec ses deux complices ? Questions sans réponses. L'angoisse grimpe à une échelle sans fin, vers un infini composé de souffrances et de douleurs. Peut-on soigner un mal inguérissable, trop ancré dans les corps et surtout dans les cœurs ? Elle ne sait plus quoi penser maintenant que la machine est lancée de façon irrémédiable et que plus rien ne peut arrêter. Elle redoute le séisme qui s'annonce, des partis pris qui vont naitre, des luttes intestines qu'ils vont engendrer dans la population et peut-être même au-delà. Au milieu de tout ce malaise apparait le visage d'Alexandre. Sa bouée de sauvetage ? La main tendue vers un avenir plus radieux ? A moins qu'elle l'entraine dans un gouffre sans fond. Tel qu'elle le perçoit, il la défendra quoi qu'il arrive, quoi qu'il lui en coûte. Dans sa tête règne un véritable charivari, un tumulte indescriptible. Elle redoute que la nuit soit longue mais elle craint encore plus l'aurore.

Béatrice n'est pas non plus très rassurée. Elle ne regrette rien si ce n'est d'avoir agi un peu tardivement. Elle se répète pour la énième fois la phrase devenue un leitmotiv, une justification : *Toute mauvaise action trouve toujours sa récompense.* C'est une question de simple justice. On ne peut pas tout pardonner. Le loup a fait trop de mal pour profiter de la vie comme s'il était devenu un agneau. Cette mutation est impossible. Un prédateur sera toujours un prédateur. Une victime aura toute son existence le statut de victime. Le genre humain est ainsi conçu quand bien même on peut le regretter. Malgré ce que certains prétendent, c'est immuable. Elle se persuade qu'elle n'a pas le choix ce qui la rassérène quelque peu. La bonne conscience permet le repos de l'âme, celui du corps n'est qu'un corollaire. Et puis, cela domine tout le reste, Myriam est son amie, presque une sœur pour elle. L'amitié c'est sacré.

Josie dort mais par intermittences. Certes elle est engagée et complice dans l'action entreprise, mais ce n'est pas vraiment son combat. C'est plutôt celui de sa mère et de son amie. Cela ne l'amuse guère de se planquer derrière les pins pour voir les gens qui passent sur le chemin côtier, ceux qui s'arrêtent pour épier l'œuvre sur la plage, prennent des photos, commentent et même descendent sur le sable pour observer de plus près la chose qui fait parler tant de monde. Elle le fait par amour pour sa mère et amitié pour sa camarade. Elle est beaucoup plus préoccupée par les affaires de son âge, notamment la gent masculine. Elle envie son amie d'avoir trouvé, bien qu'elle s'en défende, l'âme sœur. En plus, il est beau garçon ! Elle se demande quand même si tout cela a un sens et si ce n'est pas son père qui est dans le vrai en prônant la neutralité.

    Alexandre, pour sa part, ne se pose pas de questions. Il dort comme sait dormir un amoureux. Peu importe les révélations du scribe public, rien n'entachera ce qu'il ressent pour la demoiselle. Il n'a aucune inquiétude particulière. Ses yeux verts ne trompent pas, ils sont si beaux. Son sourire est trop magnifique pour cacher une quelconque malhonnêteté. Elle possède la fragilité de l'artiste, le doute perpétuel, gage d'un certain talent et une bonne dose d'ingéniosité. C'est vraisemblablement une écorchée vive qui ne souhaite qu'une chose : être comprise, rassurée et aimée. Quel que soit son secret, il lui donnera tout ce qu'il peut pour qu'elle reprenne goût à la vie. Il sait qu'il y parviendra. Ramin ne lui fait pas peur. Pour Louane, il est prêt, tel Saint Michel, à affronter le dragon, et comme lui, à le terrasser. L'amour est toujours plus fort que la haine. Toujours ! Et c'est tant mieux. Cette jeune fille le mérite amplement.

    Ramin ne dort guère, mais c'est pour une tout autre raison. Il se remémore, mot pour mot, la conversation téléphonique avec l'un des cadres du quotidien paraissant sur tout le sud-ouest de la France. Il se gonfle d'orgueil et de suffisance. Depuis le temps qu'il attendait cela. C'est enfin la consécration. C'est la reconnaissance de son travail, de son sérieux, de la qualité et la pertinence de ses écrits. Peu importe l'impact de ses diatribes sur tel ou tel individu. Il fait son boulot d'informateur. Point final. Il révèle les actions des malfaisants. Il explique ce qui pose questions aux lecteurs lambda. C'est normal. Tout le monde a droit à la vérité. Il est le chevalier blanc, celui qui se bat pour la justice, le respect et la probité. Qui peut lui reprocher son attitude à part les malhonnêtes et les pervers eux-mêmes ? Les compliments de son interlocuteur téléphonique lui sont allés droit au cœur. La gloire va frapper à sa porte. Il va largement l'ouvrir. Certains de ses détracteurs vont en baver de jalousie. Cette simple pensée le remplit d'un bonheur intense. Il la tient sa revanche sur ceux qui le critiquent. Il imagine leur air abattu et se met à rire de leur déconvenue ce qui réveille sa conjointe qui, à l'inverse de celle de Desrues, a le sommeil léger :

- Qu'est-ce qui t'arrive ?
- Rien, rien, je pense à quelque chose qui me réjouit.
- Tu ferais mieux de dormir ou de te marrer en silence.
- D'accord, d'accord, dors ma chérie, dors.

Il n'a rien dit à sa femme. Il veut garder la bonne nouvelle pour lui seul pendant quelques heures. Rien que pour lui. C'est son secret qu'il ne dévoilera que le moment venu. Elle suit le conseil de son conjoint, se retourne sur le côté et entame un nouveau sommeil. Son souffle léger trahit déjà son retour dans les bras de Morphée tandis que le mari poursuit, avec délice, sa montée glorieuse vers le Panthéon des journalistes.

Un autre homme, averti téléphoniquement par un fidèle serviteur se pose mille questions concernant le sujet de l'article pondu par ce bougre de Ramin. Il revit, sans aucun agrément, des moments difficiles. Moments qu'il croyait définitivement révolus. Qui a intérêt à faire ressurgir cette affaire ? Quelle est donc cette jeune personne qui semble vouloir remettre sur la place publique un conflit vieux de plus de vingt ans ? A moins que… Ce soit… Pourquoi ? Pourquoi maintenant ? Le sommeil a bien du mal à s'imposer face à de telles questions. La nuit est longue. Le passé devrait rester à sa place.

Pierre Otton, le copain de Poutine comme le surnomment ses adversaires politiques, s'interroge sur l'attitude à adopter. Il prône la prudence. Surtout ne rien précipiter. Ne pas donner l'impression qu'il saute sur l'occasion pour terrasser son ennemi héréditaire et viser un objectif qu'il aspire à atteindre depuis si longtemps. Il se souvient qu'à l'époque il avait supputé une magouille du clan Cherron, mais s'il avait fait connaitre son sentiment, on l'aurait, à coup sûr, cloué au pilori. Il est même persuadé que certains auraient clamé, haut et fort qu'il critiquait sans preuve, uniquement poussé par sa manie d'être en permanence opposé à la politique du représentant élu… à une large majorité. N'empêche, il avait peut-être raison… contre tout le monde.

Beaucoup d'autres citoyens et paroissiens s'interrogent, mais leur sommeil ne s'en trouve pas trop perturbé. Ils iront de bonne heure chercher le quotidien chez le boulanger ou le buraliste local parce qu'il n'est pas certain qu'il y ait un exemplaire pour tout le monde. Ils liront la prose de Ramin, persuadés que ce dernier a trouvé les mobiles de l'attitude de la demoiselle qu'ils ne connaissent pas et qui loge chez la Béatrice. La Béatrice ! Quel est son rôle dans cette affaire ? Faut s'en méfier de celle-là. Heureusement que le mari est moins exalté. Généralement, la plupart du temps, il sait lui faire entendre raison. Généralement ! Aujourd'hui cela ne semble pas être le cas. Une utopiste. Une qui ne rêve que de combats pour défendre la cause féminine quand bien même elle éprouve une véritable vénération pour son conjoint. Les comportements de certains humains sont difficiles à saisir.

La boulangère et le buraliste ne sont pas étonnés. Les clients sont nombreux et matinaux ce vendredi matin. Tous, sans exception, souhaitent acheter le journal. Tous l'ouvrent avant même d'avoir franchi la porte de sortie. Tous sont déçus. Contrairement à ce qu'affirmait la rumeur, le quotidien ne mentionne aucun fait concernant le village. Pas une ligne. Rien ! Ce bruit qui courait plus vite que le son était donc faux. C'est vrai que Ramin a toujours affirmé qu'il n'était pas de son fait, sans en dire plus. Ceux qui sortent des deux commerces informent ceux qui s'y rendent, au grand dam des commerçants déconfis. L'incompréhension est totale.

- Quel est l'idiot qui a lancé pareil ragot ?
- Et pour quelles raisons ?
- Cette affaire est décidément nauséabonde. C'est certain.
- Quelqu'un cherche à nuire à quelqu'un d'autre. Mais qui est ce quelqu'un et qui est l'autre ?
- Plus personne ne comprend les tenants et les aboutissants de la situation.
- C'est le chaos.
- Tout le monde suspecte tout le monde.
- Cette gamine est en train de foutre un sacré bordel dans la commune. C'est quand même elle qui est à l'origine de tout ce fatras.
- L'affaire devient préoccupante. Les autorités doivent s'en mêler. Elles doivent éclaircir tout ce merdier qui nuit à la tranquillité légendaire du village en cette saison. C'est le rôle de la police municipale. Qu'elle prouve son utilité, au moins pour cette fois-ci. On les paye pour ça. Et pas si mal que ça.

En quelques heures le climat devient délétère.

Ramin se réjouit de la conjoncture. Il sait le pourquoi de ce retard, objet de toutes les discussions. Mais il ne dit rien. Il va attendre encore un peu pour dévoiler les raisons que lui a fournies, la veille, le rédacteur en chef. Il veut être celui qui dévoilera tout. Celui qui sait ce que les autres ignorent. Le pied !

C'est simple et compréhensif. Le responsable de l'édition ne veut pas publier des informations erronées. Certes Ramin est un correspondant sûr, sérieux et même scrupuleux. Il a fait ses preuves par le passé, mais son article, par ailleurs bien documenté, exige des confirmations obtenues par des professionnels. Lorsque l'on cite certaines personnalités il faut être prudent. La moindre erreur, la plus petite interprétation infondée peut ruiner la crédibilité du journal. C'est un risque que nul ne peut ni ne veut courir. Si tout va bien, l'article paraitra le samedi. Promis, juré. Dans le cas contraire il sera nécessaire de le modifier et d'ajourner sa parution à la semaine suivante. D'où la prudence de Ramin. Il le comprend. Il l'accepte. C'est une preuve de conscience professionnelle qu'apprécient ses supérieurs.

Aucun habitant de la commune ne soupçonne les dégâts que peuvent causer les révélations du correspondant local. Nul n'en présume le contenu. Tout le monde doute de la rumeur, probablement émise pour nuire au journaliste amateur. C'est vrai qu'il n'a pas que des amis dans le village. Sa plume est quelque fois trempée dans le vitriol. On sait qu'il aime fouiner, relater les agissements douteux. Certains le surnomment même, avec un certain manque d'aménité, Zorro. Lui, il s'en moque et même il s'en délecte.

Louane, est plus ou moins perméable aux rumeurs. Elle profite du ciel ensoleillé pour se rendre, à nouveau sur la plage de la crique. Elle sait qu'Alexandre va venir la rejoindre. Elle sent parfaitement que ça bouge autour d'elle. Les gens dans la rue, que maintenant elle fréquente, la regardent d'un œil bizarre, traduisant toute une gamme de sentiments contradictoires. Certains la suivent plus ou moins discrètement de loin. D'autres se retournent ou semblent comploter contre elle en approchant leur bouche de l'oreille de leur semblable. Elle se demande si elle doit poursuivre son chemin, se rendre jusqu'à la crique ou retourner chez Béatrice. Elle s'est fixée un objectif. Elle doit aller jusqu'au bout de sa démarche. Elle a même le sentiment qu'elle touche au but et que sous peu, elle n'aura plus à tracer son œuvre éphémère, tout en redoutant ce qui se passera alors. Saura-t-elle faire face ? Le loup semble assez féroce, habitué qu'il est aux croche-pieds du destin ou de ses adversaires. De toute façon elle ne peut plus enclencher la marche arrière. Elle est allée trop loin. Aléa jacta est, marmonne-telle en se souvenant des rudiments de latin que l'Education Nationale lui a prodigués.

Parvenue à son terrain d'expression, elle lève les yeux sur le sentier côtier emprunté par de plus en plus de promeneurs... observateurs... spectateurs... Elle ne sait lequel terme employer. Sans doute les trois à la fois. Elle hésite. Doit-elle se reprocher de créer un tel tohu-bohu dans la petite communauté dans laquelle tout le monde se connait, sans éviter pour autant les conflits ? Elle a hâte que son action cesse. Tout en espérant arriver à ses fins. Mais de quelles fins s'agit-il ? Toujours ces lancinantes questions, ces éternels doutes.

L'arrivée d'Alexandre la rassure quelque peu. Ils se serrent la main. Pas trop longuement. Pas de façon trop expressive. Il y tant de spectateurs, là-haut prêts à tout raconter ensuite, surtout à tout interpréter. Le jeune homme, quant à lui, s'en fout complètement. Il est prêt à affronter le diable s'il le faut.

- Dis donc, tu deviens célèbre, tout d'un coup.
- Oui et je ne suis pas certaine que cela me plaise. J'ai l'impression que certains regards me sont hostiles, surtout depuis les rumeurs.
- Ne t'inquiète pas. Ça les change de leur train-train quotidien. Tu fais le buzz.

Elle prépare son matériel, en s'obligeant à être la plus naturelle possible :

- Et toi, quelles questions tu te poses ?

- Aucune. Tu m'expliqueras quand tu le jugeras bon. J'ai toute confiance en toi. Je me doute que tu as tes raisons. Je saurai attendre. Agis comme tu le dois. Je suis certain que c'est pour une bonne cause et rien que pour ça tu as mon soutien.

Elle le regarde furtivement mais si intensément qu'Alexandre en tremble de plaisir. Le sourire qui accompagne l'œillade finit de le combler. Oui, il remuera le ciel et la terre pour elle. Sans trop savoir pourquoi, lui reviennent les paroles d'une magnifique chanson de Jacques Brel : *Moi, je t'offrirai des perles de pluie, venues de pays où il ne pleut pas. Je couvrirai ton corps d'or et de lumière. Je ferai un royaume où l'amour sera roi, où l'amour sera loi, où tu seras reine.*

Louane, commence son œuvre. Elle oublie son environnement, les gens là-haut qui l'observent, et même les raisons qui la font accomplir son art. Elle ne pense plus qu'à Alexandre. Elle est transfigurée, souple et légère. Magnifique. Ce ne sont plus des gestes aussi artistiques soient-ils. C'est un ballet d'une grâce infinie, d'une puissance inouïe. Lui, il est figé, hypnotisé. Sur une autre planète.

Bizarrement, hormis Alexandre, personne n'ose descendre sur la petite plage. On reste sur le sentier. Une fois le chef-d'œuvre terminé, Louane ramasse son outillage et invite Alexandre à s'asseoir sur un rocher.

- Au fait, tu n'as jamais pris de photo de ton œuvre avant que la flotte la submerge ?
- Pour quoi faire ?
- Un souvenir.
- Je n'en vois pas l'intérêt, ce n'est pas mon but...

Elle s'offre un moment de réflexion avant de déclarer légèrement énigmatique :

- Mon but... Je... Je vais t'expliquer pourquoi, depuis le début de la semaine, je trace le même motif sur le sable.
- Tu n'y es pas obligée.
- C'est vrai, mais j'y tiens.
- Je t'écoute.

A la fin du récit il jure que nulle parole ne sortira de sa bouche. Il ne dira rien, pas même à sa mamie, à qui pourtant il raconte tout.

Là-haut, sur le sentier, les gens partent progressivement. Il n'y a plus rien à voir si ce n'est ces deux êtres qui se rapprochent l'un de l'autre, se foutant pas mal de ce que peuvent penser les bonnes âmes de la commune. L'océan commence à lécher la réalisation artistique, prêt à l'engloutir jusqu'à ce qu'elle disparaisse.

Ni photos, ni fleurs, ni couronnes.

Lorsqu'Alexandre rejoint son aïeule, il la trouve préoccupée. Elle offre à son petit-fils un visage triste qui ne lui est guère coutumier.

- Qu'est-ce qui se passe mamie ?
- Ramin sort d'ici. Il a tenu à ce que je sois la première à savoir que son article va paraître dans le journal demain matin. C'est une certitude maintenant. Il a prétendu que c'est grâce à moi qu'il a pu pondre son texte et voulait m'en remercier. Tu parles d'un...

Elle n'achève pas sa phrase. Sa main droite masse son front à plusieurs reprises. Elle reprend la parole :

- Je redoute que ce soit une façon de se dédouaner au cas où la population critiquerait sa démarche. Il n'a pas voulu me livrer la teneur du texte et encore moins le ou les noms des personnages incriminés. J'ai le sentiment que ce doit être salé, du style : *J'accuse de Zola* si tu vois ce que je veux dire.
- Je vois, oui. Je l'ai lu il y a deux ou trois ans. Pas particulièrement tendre. Mais je pense que Ramin doit être moins puissant. N'est pas l'équivalent de Zola qui veut.
- Je me reproche d'avoir parlé de cette jeune femme à Desrues qui s'est cru dans l'obligation de rencontrer ce fouille-merde de Ramin. Je n'en veux pas à Desrues, c'est un brave type, mais à moi. J'aurai dû être plus discrète et chercher personnellement les raisons de l'action de la gamine. Je suis trop primaire. Je le sais. C'est ma nature comme disait ton grand-père, et ce n'est pas à mon âge que je vais me bonifier. La preuve ! N'empêche que j'ai foutu une sacrée pagaille dans le bled. Tout le monde s'est emparé de cette affaire. Chacun donne sa version des faits d'autant plus facilement que personne n'a la moindre idée des raisons qui poussent ta copine à s'exprimer ainsi et à fuir le monde aussitôt après. La chienlit quoi. Il parait même que le maire a écourté d'une journée sa session au Conseil Régional. Il vient juste d'arriver si j'en crois la rumeur. Tu te rends compte.

- Tu n'y es pour rien, mamie. Tu n'as fait qu'exprimer ton étonnement à ce monsieur Desrues.

- Je ne te cache pas que j'attends demain avec une certaine anxiété.

- Ne te tracasse pas. En attendant, je te propose de prendre ma revanche au scrabble. Je ne veux pas rester sur une défaite.

La vieille femme sourit.

- Quelle chance j'ai que tu sois là, mon gamin. Ne t'imagine pas que tu vas me battre facilement. Ce serait une grave erreur de ta part.

Martine est une combattante. Même quand elle joue, elle n'accepte pas de perdre. Une fois de plus elle bat son petit-fils deux parties à une.

- T'es vraiment trop forte, mamie. Bravo !

En sortant de chez Martine, Ramin croise le maire. Ce dernier, à peine de retour au village, est allé à la crique. La mer a déjà recouvert l'œuvre dont on lui a parlé. Il sait qu'il y a un lien entre cet ouvrage et un autre produit, il y a plus de plus de vingt ans. D'un ton qui se veut neutre l'édile émet le souhait de le rencontrer. Il veut connaitre le contenu de l'article qui doit paraitre le lendemain. Le correspondant local refuse obstinément d'en parler arguant qu'il le découvrira en même temps que les autres villageois

- La presse est libre dans ce pays que je sache. Un journaliste, digne de ce nom, ne dévoile pas la teneur de ses écrits avant leur parution.

Le ton monte jusqu'à prendre des accents de dispute, de menaces plus ou moins voilées. Ramin reste inflexible. Il exhorte le maire à ne pas créer un incident dont se pourlècheraient certains esprits malveillants. Ce ne serait profitable ni à l'un, ni à l'autre. Le premier magistrat du village en convient à demi-mots mais ne peut accepter que l'on écrive n'importe quoi sur sa commune au risque de la discréditer. Ramin se targue de n'avoir fait état que de faits avérés et nullement contestables. Les services juridiques du journal ayant eux-mêmes pris les dispositions nécessaires pour éviter le moindre procès en diffamation. C'est d'ailleurs la raison qui a fait différer la date de parution puisque celle-ci devait préalablement être fixée à ce matin. Le maire baisse pavillon non sans avoir été clair avec celui qu'il considère comme un agitateur, partial de surcroît :

- Je vous préviens, Ramin, je serai intransigeant. Je n'hésiterai pas une seconde à vous attaquer si vous avez émis des agissements infondés. Pour moi, vous le savez, la commune passe avant toute autre chose. Je ne vous laisserai pas salir sa réputation. Si vous l'avez attaquée, je réagirai en son nom.

Le journaliste n'en espérait pas tant. Cette réaction épidermique de l'édile prouve sans conteste qu'il n'est pas très rassuré. Il affiche un sourire à la limite de l'ironie :

- Je n'ai là-dessus aucun doute, monsieur le maire, mais j'ai la conscience tranquille. Tout ce que j'ai écrit, je vous le répète, est véridique.

- Nous verrons, Ramin. Nous verrons.

- C'est tout vu, monsieur le maire, c'est tout vu.

Ils se quittent sans se dire au revoir. A ce stade, la politesse n'a pas lieu d'être.

Quelques instants après que la nouvelle de la parution soie confirmée et ait envahi le village à une vitesse supersonique, les deux distributeurs de la presse dans la commune se rencontrent et se mettent d'accord. Devant l'intérêt croissant de la population pour cette affaire ils supputent que les ventes de l'hebdomadaire vont être importantes. Ils appellent conjointement le journal afin de souhaiter que leur soient livrés un nombre d'exemplaires largement supérieur à ce qu'ils reçoivent habituellement le samedi. Business is business. Accord du service concerné. Satisfaction du buraliste et du boulanger, hommes qui se lèvent tôt, au service de la population.

Dans la maison basse à l'orée des pins, la liesse n'est pas au rendez-vous. Bizarre pour ces trois femmes qui voient pourtant leur projet se concrétiser. C'est presque trop beau. Elles ont tellement espéré cet instant qu'elles ne peuvent s'empêcher de craindre qu'au dernier moment, l'engrenage se grippe, qu'à la dernière minute, à la dernière seconde, survienne l'inattendu qui annihilera leurs efforts et leurs espoirs. Et puis comment va réagir la population ? Ne va-t-elle pas penser qu'elle est bien tardive cette action qui s'apparente à une vengeance ? Ne va-t-elle voir que l'intérêt de bien des gens, y compris des ouvriers de l'entreprise Cherron, au détriment de leur légitime combat ? Les mots sont rares, les visages tendus. L'article de Ramin ne va-t-il pas renvoyer dos à dos les protagonistes ? Louane aurait peut-être dû être plus affable avec le journaliste local, afin de le mettre de son côté.

Il ne sert à rien de ressasser tout cela, les dés sont jetés. Il ne reste plus qu'à attendre.

Seul Germain, pourtant opposé au projet, se montre confiant. Il connait les gens d'ici. Il est né dans ce village. Il sait le peu d'estime que Ramin porte aux éventuels accusés. Il n'a lui-même aucune considération envers ceux que l'on dénonce aujourd'hui. Il les connait bien. Il sait ce qu'ils valent. L'un d'eux a un point commun avec lui : Ils sont nés la même année. Ils sont allés dans les mêmes classes primaires, ont joué (peu de temps, c'est vrai) dans la même équipe de football. Un gus qui a toujours voulu péter plus haut que son cul. Un mec qui a tiré sur toutes les ficelles prenant les autres pour des pantins qu'il espérait manipuler à son gré. Un pauvre type qui a eu la chance d'avoir un père et un frère ainé

Ce n'est pas le moment de douter. Il faut continuer à croire en la mission qu'elles se sont fixées. Rien ne doit étayer leurs craintes. Les gens du village ne sont peut-être pas des parangons de vertu mais ils font grand cas de la morale. Leur jugement ne sera jamais favorable à un individu coupable d'un tel comportement. Hauts les cœurs ! C'est la dernière ligne droite.

Elles cherchent ce qu'elles auraient dû ajouter ou retrancher dans leurs actes pour l'emporter plus sûrement. Si elles sont mises en cause, quelles seront leurs réponses, leurs alibis ? Doivent-elles d'ores et déjà envisager les mots qu'il faudra prononcer, les phrases à émettre ?

Moment difficile. Interrogations intenses. Envie d'être déjà demain. Mais crainte aussi. La nuit risque d'être longue pour ne pas dire interminable.

Germain est l'élément rassurant, ce qui est un comble lorsque l'on sait qu'il n'était pas particulièrement favorable à l'opération. Il semble nullement inquiet, affichant un sourire discret, un calme apparent.

Ce samedi matin un léger crachin décide d'être de la partie et d'accompagner les habitants de la commune levés de bonne heure pour être dans les premiers informés. Les deux lieux de distribution sont rapidement à saturation. Les propriétaires sont ravis. Ils ont eu raison de souhaiter recevoir un nombre supérieur d'exemplaires du journal. Le pari s'avère payant.

L'ambiance est empreinte d'attente mais également **d'interrogations** sur l'événement qui justifie la présence de tout ce monde et favorise la discussion.

- C'est quoi cette histoire de dessins tracés sur le sable de la crique ?
- Que recherche cette gamine ?
- Qui provoque qui ?
- Qui tire les ficelles ?
- La Béatrice est dans le coup c'est certain. Ce n'est pourtant pas une mauvaise fille, mais elle a toujours été un peu revendicative. Remarquez, les chiens ne font pas des chats. Ses parents ne sont pas mal non plus en matière d'embrouilles... surtout la mère. Alors... Telle mère telle fille ?
- Et Martine ?

Là, Desrues s'indigne.

- Qu'on la laisse tranquille. Elle a été la première à se poser les questions que tout le monde se pose aujourd'hui. Point final.

Il la connait bien.

Gérald Palestron veut parler de Ramin qui se la pète aujourd'hui, mais qui est, qu'on le veuille ou non, un fouteur de merde.

Bernadette Macier affirme qu'elle a vu quelqu'un qui prétend avoir entendu Ramin s'engueuler avec le maire pas plus tard qu'hier après-midi. Et puis, pourquoi est-il revenu plutôt de sa réunion régionale celui-là ? Hein !

Jeannot Berton, quatre-vingt-neuf ans, veut mettre fin à tout ce charabia :

- ça ne sert à rien de palabrer, puisqu'on doit être éclairé sous peu, enfin, je l'espère.

Paroles d'un homme que l'âge a rendu sage.

Pierre Lavoisier ajoute que l'aïeul a raison mais qu'il doit bien y voir quelque part dans la commune quelqu'un qui a du mal dormir cette nuit… ou plusieurs. Allez savoir. !

- On s'en fout, réplique Marcel Fourmot qui prétend qu'il a le droit de siroter son café tranquille, comme il le fait chaque matin tandis que les autres dorment encore.

Jean Charles Lidru ignorant les paroles de l'ancêtre estime que tout cela est insignifiant face aux difficultés que traverse la France :

- l'évolution du gouvernement sur les retraites, le prix de l'essence et du gas-oil, la vie qui renchérit et oblige les plus démunis à se serrer un peu plus la ceinture tandis que certaines entreprises affichent des profits honteux, les conflits sociaux qui ne manqueront pas de fleurir le moment venu, des partis politiques trop extrémistes, voire inconséquents, un gouvernement sourd, des syndicats qui ne pensent qu'à leur popularité et parient sur des lendemains glorieux tout en préparant par leur intransigeance un avenir sombre. Et le fric, le flouze, le pèze. On ne pense plus qu'à ça. Combien de chaines de télévision proposent des questions débiles pour faire gagner chaque jour quelques milliers d'euros grâce à la chance. On envie les riches tout en les critiquant. On idolâtre les vedettes quelles que soient leur spécialité tout en leur taillant un costard. Les temps sont fous et tristes

Avant même que cette diatribe suscite des réactions, Maryline Rigaud intervient à son tour :

- Eh ben tu vois malgré tout ce que tu dis, je préfère encore vivre ici qu'en Ukraine et ses milliers de morts, en Russie où personne n'ose dire ce qu'il pense sans risquer de se faire défenestrer ou périr noyé ou dans un accident de voiture.

Décidément c'est le bordel partout.

Lamentable époque.

A qui la faute ?

Pas à nous en tout cas ! Chacun a son idée, ses solutions miracles.

Dans la boulangerie l'ambiance est moins explosive. Il faut reconnaitre qu'il y a également moins de monde. Le public est plutôt féminin. Allez savoir pourquoi. On sait attendre. On parle surtout de la gamine qui trace des œuvres éphémères sans comprendre que l'on puisse se passionner pour un travail appelé à être détruit dans les heures qui suivent. Bizarre ! Et si ça se trouve c'est uniquement pour le plaisir. Le plaisir de voir ton boulot détruit ? Etrange ! Enfin tous les goûts sont dans la nature. Et puis les goûts et les couleurs... On parle également de Ramin qui est décidément à l'affût de tout et surtout de l'insolite. En voilà un qui ne se prend pas pour une merde. Là, les avis sont partagés sans que ce soit un motif de conflit. Il est ce qu'il est Ramin, mais ses articles sont rarement basés sur de fausses informations. Tout le monde le reconnait.

- Bon, ben, il est en retard le camion qui livre les journaux.

C'est à ce moment précis qu'apparait une camionnette. Elle s'arrête devant la boutique du boulanger. Un homme de taille moyenne en descend, ouvre la porte arrière, la referme du bout du pied avant d'entrer dans le magasin. Il salue tout le monde d'un léger signe de tête, donne à la boulangère le paquet et s'en retourne vers son véhicule en marmonnant un au revoir famélique. Il remonte dans sa fourgonnette pour s'arrêter quelques dizaines de mètres plus loin devant le café : *aux amis réunis* afin d'y déposer un second colis.

- On va avoir des réponses à nos questions. Enfin peut-être.

D'autres n'ont pas eu besoin de se déplacer.

Monsieur le maire est abonné au quotidien via internet.

Martine, Pierre Otton, et beaucoup d'autres trouvent chaque matin dans leurs boites aux lettres le quotidien qu'un porteur matinal dépose vers les sept heures trente. C'est également le cas de Ramin. Cela peut paraitre bizarre. Il ne l'avoue pas et ne l'avouera jamais mais il ne prise pas particulièrement l'informatique. Rien ne vaut le papier que l'on feuillette à sa guise.

En tout cas à huit heures la grande majorité des citoyens du village prend connaissance de la teneur du texte. Ils sont peu nombreux à être restés au bistrot. Marcel Fourmot ne s'en plaint pas. Il peut apprécier son second café en toute tranquillité, débarrassé des bavards qui parlent souvent sans savoir ou pour ne rien dire. Il a étalé le journal sur la table et se nourrit de la prose du journaliste local. Il reconnait que le bougre a du talent. Ce qui le met le plus en joie c'est de constater que certains qu'il n'apprécie guère vont passer une piètre journée. On a que ce que l'on mérite et c'est justice.

Certains lecteurs affichent un intérêt mesuré, presque de l'indifférence, mais ils sont largement minoritaires. Les autres, tous les autres sont avides de savoir. Décidément, dans ce patelin où il ne se passe jamais rien habituellement, c'est l'effervescence. Ceci explique peut-être cela.

Texte intégral de l'article paru le samedi 5 novembre dans le quotidien. Il manque seulement les deux photographies, l'une de l'œuvre tracée sur le sable de la plage de la crique, l'autre de l'artiste en action. La première en noir et blanc, la seconde en couleur.

Une étrange histoire.

Tout a commencé lundi dernier lorsque des promeneurs empruntant le sentier côtier ont remarqué qu'une jeune fille traçait, sur le sable de la plage de la crique, une œuvre éphémère. L'un d'eux, en séjour chez sa grand-mère, s'en est étonné auprès de son aïeule, native de la commune. Ancienne commerçante, celle-ci jouit, depuis quelques années d'une retraite méritée. Cette dernière s'est renseignée auprès de l'un de ses amis.

Il faut se souvenir qu'il y a 22 ans, a été organisé un concours de Beach Art sur la plage de la crique. En ressortant les photos prises à cette époque, nous pouvons remarquer que le motif tracé par la jeune fille est strictement le même que celui d'une artiste du nom de Myriam Balmin concourant avec quatre autres compétiteurs en juillet 2000. Ce rassemblement avait attiré de nombreux spectateurs. Il avait été organisé à l'initiative de monsieur le Maire, nouvellement élu, en l'occurrence Marc Cherron, encore en fonction aujourd'hui.

Ce que tout le monde ignorait, à l'époque, c'est que cette manifestation est née d'une proposition du frère de notre édile : Rémy Cherron. Autre découverte, ce frère cadet fréquentait alors une certaine Myriam Balmin, artiste de son état. Pour être totalement transparent il faut rajouter que le premier prix de ce concours, soit 1000 euros, était versé par monsieur Cherron père qui, comme chacun le sait, est le plus grand armateur de la région dans le domaine de la pêche. Une histoire de famille en quelque sorte. Pour parfaire le tableau c'est mademoiselle Balmin qui a obtenu le premier prix. Fruit de son talent, n'en doutons pas. Le président du jury se nommait Marc Cherron. La boucle est bouclée.

Certaines âmes, mal intentionnées, si elles avaient été en possession de tous ces éléments, y auraient sûrement trouvé à redire. C'est certain. On se demande pourquoi ? Franchement !

En regardant de plus près les photos de cette manifestation de 2000, manifestation jamais reconduite, il est aisé de constater que la demoiselle, qui trace chaque jour le même motif depuis lundi, porte une longue robe bleue et blanche, c'est à dire les mêmes vêtements que la lauréate de l'époque. Bien évidemment, cela interroge. Un autre élément est troublant : La lauréate de 2000 avait de magnifiques yeux verts. L'artiste qui a œuvré toute la semaine... également ! Etrange... Non ? S'ajoute à cela une couleur de cheveux absolument identique. Dans tous les cas ces concordances incitent à chercher. C'est normal. Comment faire autrement devant tant de similitudes ?

Il faut également savoir que cette demoiselle loge depuis plus d'une semaine chez une habitante du village : Béatrice Malinge et que personne ne la voit dans les rues. Et pour cause. Dès qu'elle a terminé son œuvre, elle s'enfonce dans le bois de pins pour rejoindre sa camarade Josie, fille de son hébergeuse, chargée d'étudier le comportement des gens déambulant sur le sentier côtier, avant de retrouver sa maison d'accueil sise à l'orée de ce bois. Après quelques heures de recherche sur internet, on peut savoir que Myriam Balmin est mère d'une fille prénommée Laurence. Il n'y a donc pas de parenté entre les deux artistes puisque celle qui nous questionne dit s'appeler Louane. Là encore, internet est très bavard. Louane est un pseudo. Un prénom d'artiste. Son véritable prénom est... Laurence. La conclusion est donc simple. L'une est la fille de l'autre.

Il restait à savoir pourquoi cette jeune femme trace tous les jours le même motif, copie de celui de sa créatrice et *pourquoi madame Malinge l'héberge dans la plus grande discrétion.*

Amie d'enfance avec l'artiste de l'année 2000 ?
Amie à la suite d'une rencontre ?
Quelle rencontre ?

Il nous arrive d'avoir, comme ça, des idées de génie. C'est rare, mais lorsque cela survient il faut s'y accrocher. Les deux jeunes femmes ont à peu près le même âge, leurs filles également. Et si elles avaient accouché dans la même clinique ? Un passage à la mairie, permet de constater que Josie Malinge en réalité, Josiane, est né à La Rochelle dans la clinique du parc. Où donc est née Laurence Balmin, alias Louane ? Grâce à de judicieuses informations on apprend qu'elle est effectivement née dans la même clinique le lendemain de la naissance de Josiane. La déduction est simple. Ce qui attire également l'intérêt c'est que si les noms et prénoms du père sont notés pour la demoiselle habitant le village, à la place du géniteur de l'artiste de la plage figure la mention : père inconnu. C'est intéressant lorsque l'on sait qui fréquentait Myriam Balmin quelques mois plus tôt et que ce même homme a été vu dans le village aux bras d'une autre jeune femme l'année suivante. Femme qu'il a épousée par la suite.

Dans un petit village tout se sait rapidement, surtout en cette saison. Les démarches effectuées ont rapidement été connues. Certains ont fermé leur porte, d'autres truqué leurs informations, d'autres encore menacé. Inutile de dévoiler les noms au risque de déchainer les passions. Heureusement certains et certaines ont accepté de parler. L'objectif réside dans la simple narration des faits et à la tentative d'expliquer l'événement qui suscite, non sans raisons, de multiples interrogations.

Il reste à découvrir encore bien des choses :
Pourquoi les amants d'hier se sont-ils séparés ?
Qu'est devenue Myriam Balmin ?

Quelles sont les raisons qui motivent l'inconnue de la plage ?

Pourquoi Béatrice Malinge héberge-t-elle la jeune artiste et quel est son intérêt dans cette affaire ?

D'autres vont sûrement surgir au cours de la quête de vérité.

Vous découvrirez les résultats dans l'édition de lundi prochain. Les habitants du village ont le droit de connaitre les réponses à leurs légitimes questions.

A lundi donc !

La parution de cet article occasionne une foule de réactions plus ou moins intéressées, plus ou moins violentes.

La première est l'œuvre de monsieur Cherron père. Cet homme qui a créé au fil des ans un empire puissant et lucratif fustige sévèrement le journaliste local, prétendant qu'il émet des informations erronées. Il est faux, précise-t-il, d'affirmer que les 1000 euros qu'il a versé à titre de sponsorisation l'ont été uniquement au bénéfice de la lauréate. Il a, à l'époque, participé comme quelques autres industriels et commerçants, au financement de la manifestation sans cibler de bénéficiaire. Il trouve inacceptable de rendre publique la vie intime d'un citoyen lambda et comprend mal qu'un journal qui se veut respectable se permette de publier de telles informations. Il y voit là une fâcheuse attitude d'individus jaloux de la réussite de la famille. Réussite qui souligne leur médiocrité, leur échec personnel. Sa parenté est atteinte dans son honneur par des gens qui en sont parfois dépourvus. Il se réserve le droit de porter plainte en diffamation contre le journaliste et le quotidien toujours en quête de scoops et de sordidité ainsi que contre toute personne qui utiliserait ce tissu de mensonges pour propager des avis attentatoires à la dignité de son clan. A bon entendeur salut !

Il n'est pas le seul à s'exprimer.

Pierre Otton, en tant que conseiller municipal, est persuadé que la famille Cherron est coupable de malversations. Il prétend alors qu'il faut que toute la lumière soit faite sur cette histoire. S'il est prouvé qu'elle a fait preuve d'une quelconque atteinte à la dignité de qui que ce soit, il faut que ses membres en tire les conséquences qui s'imposent, y compris monsieur le maire qui devra alors démissionner de sa fonction à la tête de la commune. Il n'en dit pas plus, désireux de connaitre la suite, mais, déjà, on peut penser qu'il se réjouit de l'éventualité d'une démission de l'édile.

Martine ne sait pas trop comment réagir à l'article. Elle se sent coupable tout en ne regrettant, rien. Elle a conscience du charivari que tout cela cause dans le village. Elle n'aurait rien dit à Desrues si elle avait un seul instant imaginé pareille issue. Ce qui est fait est fait et il est impossible de revenir en arrière. Il ne lui reste plus qu'à attendre la tournure que va prendre la situation qu'elle a involontairement créée.

Alexandre est aux anges. Comment rêver en venant chez sa grand-mère qu'il allait vivre une telle aventure et que sa vie monotone allait se muer en une comédie digne d'un écrivain plus ou moins imaginatif ? Le nec plus ultra pour un jeune homme de son âge. La découverte de l'amour et sa participation à une histoire inimaginable. Quel coup de pouce du destin !

Desrues est effondré. C'est lui qui a eu l'idée de rencontrer Ramin. Il le connait pourtant. Il aurait dû savoir que ce dernier allait se ruer sur cette affaire comme un chien affamé attaque un os trainant dans le caniveau. Voilà ce que c'est que de vouloir faire plaisir aux gens qu'on aime bien. Il se console en se disant que s'il y a du louche, voire du sordide dans cette affaire et qu'un coupable est puni, il aura contribué à hisser bien haut l'étendard de la morale. Certains individus se consolent à bon compte. Après tout si cela leur permet de vivre mieux.

Laurence alias Louane est perplexe. Comment tout cela va-t-il évoluer ? Les choses semblent se diriger dans la direction qu'elle espérait. Mais à quel prix ? Elle pense à sa mère, là-bas, perdue dans sa clinique. Cette femme qu'elle aime prendra-telle seulement conscience un jour des résultats de l'action qu'elle a initiée avec ses deux complices ? Sans doute pas. Elle se sent toutefois l'âme tranquille. Cette action elle la devait à sa génitrice quand bien même elle n'en aura vraisemblablement jamais connaissance. Qui sait ?

Deux personnes se félicitent des avancées de leur projet, quand bien même ce ne soit pas le même.

Béatrice Malinge fait savoir qu'elle est très désagréablement surprise de ne pas avoir été auditionnée par Ramin d'autant plus qu'elle est citée dans l'article. Puisqu'il en est ainsi, elle refusera dorénavant toute interview. Dommage, elle a pas mal de choses à dire sur cette affaire mais c'est une attitude de bon sens devant l'irrespect dont le journaliste local fait preuve à son égard. Elle ne peut toutefois pas s'empêcher d'être amplement satisfaite de la tournure des événements. Cela fait longtemps qu'elle espérait pouvoir venger son amie. Il est indispensable que ce saligaud paye la note. Il a fait trop de mal. On ne ruine pas une vie impunément. Elle ne ressent aucun état d'âme. Elle s'était jurée de ne jamais abdiquer. Abdiquer, c'est un mot qui n'est pas dans son vocabulaire. Mais alors pourquoi avoir tant attendu ? Simplement parce qu'elle avait besoin de l'accord de Laurence et de sa collaboration. Il fallait donc qu'elle soit majeure. C'est une raison recevable.

Ramin est également comblé. Il rêvait d'écrire un jour un tel article sur un sujet aussi sérieux, mettant en cause une personnalité locale. Et pas n'importe laquelle. Par ailleurs il est fier que le rédacteur en chef du journal lui ait quasiment donné carte blanche à quelques restrictions près, d'autant plus qu'elles sont mineures à ses yeux. Quelle reconnaissance ! Dans ce bled qui se repose pendant neuf mois par an du tumulte de trois mois estivaux il ne se passe jamais rien de passionnant pour quelqu'un à la recherche d'exceptionnel. Un village tranquille. Un bourg lamentablement ennuyeux pour un journaliste en quête d'un scoop. Pas le moindre vol en dix ans ! Pas la plus petite infraction si ce n'est Jules Ronan que les gendarmes placent de temps à autres en cellule de dégrisement suite à l'une de ses cuites mémorables qui lui offrent l'occasion de vivre son principal fantasme : vivre à poil et se balader nu comme un ver dans les rues. Lamentable. Tandis que là. C'est, pour l'échotier qu'il est, le Graal !

Deux autres individus se montrent satisfaits. Le patron du bar tabac et le boulanger. La vente des journaux lundi va encore être très importante. Bien sûr ce ne sera pas le pactole mais un supplément non négligeable dans une période difficile pour le commerce compte tenu de la hausse exponentielle des prix.

Tout le monde s'étonne que monsieur le maire ne se soit pas exprimé. Sa famille est visée c'est le moins que l'on puisse dire et cela peut nuire à sa carrière, comme le précise et sans doute l'espère Pierre Otton. Il y a sûrement une raison à cela, mais laquelle ? L'ignorance laisse souvent la porte ouverte à des suppositions pas toujours sympathiques. On remarque également que son frère cadet n'est pas plus loquace. Il est vrai que depuis quelques années il n'habite plus dans le village mais il fait partie de ceux qui sont soupçonnés être les auteurs d'un comportement pas très catholique. Dans les cafés, dans les quelques commerces ouverts, dans les rues on jase. Et « on » est souvent bavard et pas toujours bien informé ce qui ne l'empêche pas de répandre une série d'hypothèses peu en phase avec la réalité. C'est bien connu.

Bref c'est la pagaille dont certains se pourlèchent à l'envi. Que la famille Cherron soit en fâcheuse posture réjouit quelques opposants notoires et ceux qui n'osent jamais s'exprimer ouvertement, des frileux congénitaux, plus nombreux qu'on ne le croit. Cette histoire alimente sans conteste les rumeurs et affrontements verbaux locaux à la grande satisfaction de quelques-uns qui espèrent qu'enfin l'hégémonie de ce clan prétentieux va peut-être prendre du plomb dans l'aile.

Ambiance assurée.

Ramin profite du jour et demi qui lui reste pour activer ses recherches afin de clore son enquête. Il souhaite que ce second article soit la cerise sur un gâteau appétissant. Comme le toréador il veut porter le coup fatal, celui dont on ne se remet pas. Il est parfaitement conscient qu'il ne va pas se faire que des amis. Peu importe. Nul ne devient célèbre en voulant concilier la chèvre et le chou. Il faut choisir. Il a choisi. Les discussions qui se chuchotent, telles des confidences de confessionnal, un peu dans tous les coins de la commune, l'emplissent d'orgueil.

Il passe son temps au téléphone, exige que l'info fournie soit confirmée prétextant ne vouloir courir aucun risque. Face à lui ce sont des requins susceptibles et influents, prêts à tout pour sauver leur soi-disant réputation, leur sacro-saint honneur et l'entreprise familiale. L'article déjà paru favorise la délation au point que parfois les renseignements lui sont donnés avant même qu'il en fasse la demande. Il a même reçu un appel anonyme très documenté dont il hésite à faire usage. Le monde n'héberge pas que des bisounours. Loin de là.

Il est lui-même surpris par certaines révélations. Il doit mesurer son enthousiasme et demeurer neutre malgré le peu de bienveillance qu'il porte à cette famille d'arrivistes. Pas si simple.

Son épouse s'inquiète. A force de souffler sur les braises on risque de provoquer un tel incendie que l'on finit par périr au milieu du brasier que l'on a soi-même allumé. Elle prêche la modération.

Il écarte d'un revers de main cette réflexion digne des plus pleutres. Il est le général qui mène l'assaut contre le mal, contre ceux qui pourrissent notre société, contre les exploiteurs. Il est temps que cela change. Il ne veut pas se laisser envahir par le doute. Seuls les audacieux triomphent. La vérité et la démocratie doivent enfin l'emporter sur l'oppression des puissants. Quand bien même il ressent quelques vagues craintes, il veut avancer. Sublime et courageux ! Méritant.

Il frappe sur les touches de son ordinateur mu par une frénésie jusqu'ici inconnue. Il rectifie, il annule certaines phrases, en rajoute d'autres, lit et relit en permanence. Il en oublie le déjeuner, le goûter arguant que l'homme ne vit pas seulement de pain, et consent toutefois à dîner. Il est transfiguré. Il est Zorro, Batman et autres justiciers masqués. La nuit du samedi au dimanche est partagée par un sommeil restreint et une cogitation intense. Moment indéfinissable. Il est sur un nuage ce qui ne rassure pas, loin s'en faut, son épouse qui craint presque pour sa santé mentale. A-t-il bien mesuré l'intensité de l'éventuelle réplique des mis en accusation. Il est parfois dangereux de jouer les héros.

Une chose est sûre il n'est pas le seul à passer des nuits agitées. A l'exception de Jules Ronan qui a une fois de plus exagéré sur la bouteille et s'est couché tout habillé omettant même d'enlever ses chaussures.

Ils sont nombreux à attendre ou à craindre l'aube du lundi.

Laurence ne veut pas en rajouter. Elle suppose que des gens du village vont se rendre une fois de plus sur le chemin côtier pour assister à une nouvelle prestation de sa part. Elle téléphone à Alexandre pour lui dire qu'elle ne se rendra pas à la plage de la crique aujourd'hui. Inutile. Le processus qu'elle souhaitait est en marche. Il ne faut pas non plus aller trop loin, cela pourrait être contre-productif. Les trois conspiratrices sont d'accord sur ce point. On stoppe pour l'instant la répétition de l'œuvre éphémère. Elle semble avoir atteint son but qui était d'éveiller la curiosité et créer l'interrogation dans la population sur les agissements coupables et éminemment inacceptables de certaines personnes influentes du village, il y a presque vingt ans.

Elle précise que s'il le souhaite, ils peuvent aller se promener en forêt, tous les deux, à l'abri des regards. Il accepte avec une joie qui se veut mesurée, bien que ça cogne du côté du cœur.

Les allées bordées de pins sont propices à la discrétion que l'un et l'autre appellent de leurs vœux. Désertes, elles leurs permettent de déambuler tranquillement loin des regards, loin des interprétations oiseuses. Ils se disent satisfaits de l'article de Ramin, tout en s'interrogeant sur les révélations du second texte, à paraitre lundi. D'un commun accord ils décident de ne pas trop s'en préoccuper et de profiter de cet instant de calme, de complicité qui s'offre à eux.

- Le vent est si léger qu'il fait chanter les arbres.

Cette expression de Laurence fait sourire Alexandre qui la trouve très poétique.

- C'est ce que dit ma grand-mère quand nous nous promenons toutes les deux dans les bois et forêts avoisinant sa petite maison à quelques pas de la mer.

La jeune femme voue un véritable culte à son aïeule. Que serait-elle devenue sans elle ? C'est une personne courageuse que le hasard n'a pas vraiment avantagée et qui s'est donnée corps et âme à sa petite fille. Quelques années après avoir vu sa fille sombrer dans une déprime chronique, elle a perdu son mari. C'était un amoureux de la mer. Son grand plaisir était de partir seul sur son petit voilier qu'il avait baptisé sans que personne n'en comprenne le sens : *J'irai là-bas*. Ce jour-là la mer était secouée par un vent assez fort. Cependant il en avait connu de bien plus violents. Ce Zéphir était devenu tempête très brutalement. Jamais on ne le revit malgré les recherches. Deux ou trois jours plus tard, des restes de la coque déchiquetée s'échouaient sur le rivage, notamment un morceau de bois sur lequel était inscrit le nom du bateau. L'aïeule l'a conservé. Il est fixé au-dessus de la cabane en bois située au fond du jardin. La mer est innocente, c'est le vent qui est coupable dit la vieille dame. Oui, c'est le vent. Il peut être dangereux. Il ressemble aux hommes. La plupart sont des gens bien, mais il y a aussi des voyous. Elle n'oublie pas les commentaires de certaines personnes mal intentionnées qui semblaient laisser croire que le naufrage n'était pas uniquement dû à la tempête, rappelant l'impact de la maladie de sa fille sur le moral du père. Elle, elle sait que son mari n'aurait jamais abandonné son épouse et surtout sa petite fille qu'il adorait. Malgré tout cela, elle conserve une certaine joie. Il lui arrive de dire que ce sont par les blessures que la lumière entre en elle. Comment ne pas aimer une femme pareille ?

Le soleil s'amuse à varier les ombres que l'astre intermittent façonne à sa guise.

Ils sont loin de l'agitation du village secoué par les révélations d'un journaliste ambitieux jouant au redresseur de torts, tout en n'en attendant d'autres dont nul n'en connait la teneur.

Ils marchent lentement l'un à côté de l'autre, s'émerveillant du pépiement des oiseaux, de la flore automnale, de la couleur mouvante de la mer et des quelques bateaux qui la sillonnent.

- Je peux te poser une question, quémande Alexandre.

- Oui, bien sûr.
- Qui a eu l'idée de monter cette action sur la plage ?

Laurence s'arrête de marcher. Elle hésite un instant mais avoue quand même que :

- C'est moi qui l'ai proposée. Il y a un mois environ Béatrice et Josie sont venues rendre visite à ma mère, à la clinique. Elles n'ont obtenu aucune réaction de maman, pas un mot. Seulement un faible sourire à peine perceptible. Ses yeux fixaient le plus souvent le vide. Tu ne peux pas savoir comme cela nous a fait mal. De retour chez ma grand-mère, nous avons exprimé le désir de tenter quelque chose. Son mutisme n'était-il pas une expression de reproche, du reproche de n'avoir rien osé contre cette famille qui l'a anéantie ? N'attendait-elle pas de nous autre chose qu'aide et compassion ? Mais quoi ? De la vengeance ? Cette idée a germé dans nos têtes. Ma grand-mère n'y était pas favorable du tout. Non. La vengeance est un acte trop bas, trop vil nous a-t-elle dit. Elle nous positionne au même rang que les salauds. Alors quoi ? J'ai demandé à mes amies si les gens savaient pourquoi la relation entre maman et le fils Cherron s'était arrêtée. La réponse a été claire et nette : Non, tout le monde était persuadé qu'il s'agissait d'une rupture comme il y en a tant. Un événement somme-toute banal à notre époque et qui ne concerne que les intéressés. Et puis, venant du fils Cherron Il fallait s'attendre à tout dans les domaines affectif et sentimental. Alors, comme ça, sans trop réfléchir, j'ai proposé : Informons la population de la réalité de ce qui s'est passé. Restait à savoir comment. Là, c'est Josie qui a donné la réponse : En traçant sur la plage de la crique la même œuvre éphémère que celle d'il y a plus de vingt ans. Mais surtout en la traçant tous les jours. ça, ça allait intriguer, questionner. C'est sûr. Béatrice, à son tour, émit l'idée que Ramin, fouineur comme il était, allait s'emparer de ce mystère. Elle le connait depuis toujours. Elle sait sa propension à fouiller, à dénicher l'insolite, l'irrespectueux, autant d'attitudes qui l'autorisent à sortir des articles qui se veulent toujours pertinents et conformes à la décence et à la morale, enfin à sa morale à lui.

Ils sortent du bois, se dirigent vers la grande plage déserte et s'assoient sur un banc, face à la mer. Ils admirent en silence les changements de couleurs dont elle se pare, taches de gris, de bleu et de vert qui se chevauchent, se croisent et se séparent créant d'incessantes variations dont on ne se lasse jamais. Quelques bateaux croisent au loin. Vers où se dirigent-ils ? Vers quel autre pays ou continent ? Combien de temps seront-ils seuls, livrés à eux-mêmes, confrontés à l'immensité de l'océan ?

Ils ne disent plus rien, contemplant ce monde de mystères, à la fois passionnant et inquiétant. Ils apprécient le calme qui les entoure, havre de paix et de félicité. Leurs mains se rejoignent, tandis que Laurence pose délicatement sa tête sur l'épaule d'Alexandre.

Comme l'avant-veille, les deux distributeurs de journaux sont assaillis. Quelques habitants qui ne s'étaient pas levés dès potron-minet le samedi précédent sont quasiment les premiers à attendre la camionnette. Cela ressemble à une mobilisation générale. Il y a bien longtemps que l'on n'a pas vu, dans le village, pareille foule à cette heure de la matinée. Même les plus âgés ne se souviennent pas d'une telle mobilisation. Ça discute, ça suppute, ça prédit. On s'impatiente. On est avide de savoir.

Assis à sa table habituelle Marcel Fourmot grommelle qu'il est grand temps que ce couillon de Ramin arrête ses conneries afin qu'il puisse siroter son café en paix. Il fulmine contre cet attroupement de gens affamés de sensationnel, prêts à gober tout ce que le Rouletabille local leur raconte, comme s'il était l'un des quatre évangélistes. Le monde est quand même crédule. Ce qui lui parait le plus impressionnant c'est que toutes les tendances politiques se côtoient dans cette assemblée disparate sans s'écharper. Il doit sûrement être l'un des deux seuls habitants adultes à se foutre de cette histoire, le second étant Jules Ronan qui vraisemblablement dort comme une marmotte.

L'homme à la camionnette, après avoir distribué ses paquets de journaux incandescents et hoché la tête en signe d'incompréhension devant cette foule matutinale, continue perplexe sa tournée. Quelle époque de fous !

Chacun ayant acquis ce qu'il est venu chercher s'en retourne lire la prose chez lui pour être tranquille et se réjouir ou s'offusquer sans le montrer à qui n'a pas besoin de connaitre leurs penchants. Prudence élémentaire. Facteur de tranquillité absolue.

Fourmot retrouve la quiétude et la tranquillité qui sied généralement à l'endroit à cette heure réservée aux lève-tôt. Il entame sereinement son second café.

- Quelle bande de…

Texte intégral du second article paru le lundi 7 novembre. Il est accompagné d'une seule photo en couleur, celle de l'artiste.

Une étrange histoire (suite)

Comme promis, voilà la suite des révélations concernant une affaire qui interroge toute la population.
Il y a assez peu d'informations sur les raisons de la séparation des deux amants. Seulement quelques versions qui divergent : Incompatibilité d'humeur ? Coup de canif dans le contrat amoureux ? Manœuvre d'un tiers malveillant ? Sur ce dernier point un nom est très souvent cité. Il impossible de le dévoiler. Il n'y a aucune certitude quant à son identité. En tout cas séparation. Mais à coup sûr séparation douloureuse, surtout pour la jeune femme qui a très mal vécu la rupture. Plusieurs témoins sérieux, ne laissant nulle place au moindre doute sur leur probité, ont affirmé que le clan Cherron aurait versé une coquette somme à l'ex petite amie du fils cadet en compensation de la peine, compensation que les latinistes nommeront Pretium doloris. (le prix de la douleur). A moins que cela soit pour acheter son silence. Ou les deux. Le règlement aurait été effectué par virement bancaire (dans une banque de Rochefort sur mer) dès le lendemain de la naissance du bébé ce qui accréditerait la thèse que l'enfant est bien celui du fils cadet des Cherron.
L'argent ne règle pas tous les problèmes. Ce versement relève même d'un procédé humiliant. La jeune femme a fait une très sérieuse dépression qui ne l'a plus quittée depuis des années. Elle a été, à maintes reprises, internée dans une clinique spécialisée de la préfecture de la Charente Maritime dans laquelle hélas elle réside encore actuellement. Depuis près de vingt ans elle alterne le mieux et le moins bien, les rémissions espérées et les rechutes brutales. Le plus grave c'est que la gamine qu'elle a mise au monde s'est retrouvée très souvent

seule. Heureusement sa grand-mère maternelle a pris le relais de sa fille défaillante et continue encore aujourd'hui à l'entourer de toute son affection. Triste histoire en vérité. Le hasard et les souvenirs qui peuvent ressurgir vont peut-être permettre d'en savoir plus à ce sujet. Si tel est le cas, vous en serez informés bien évidemment.

Tout le monde sait que Rémy Cherron a épousé la fille d'un riche armateur dans la même branche que sa famille et que quelques années plus tard il est devenu le directeur du consortium issu de la fusion des deux entreprises tout en restant sous la houlette du patriarche. Ceci peut sans doute expliquer la rupture de la liaison avec Myriam Balmin bien incapable de rivaliser sur le plan financier avec celle qui l'a détrônée.

Nous ne pouvons pas faire l'économie de trois questions essentielles.

La première : Qui a initié Laurence aux œuvres éphémères ? Certainement pas sa mère, trop souvent absente, trop enfuie dans sa détresse. Nous avons la certitude que sa grand-mère artiste elle-même passionnée de ce style d'art l'a d'abord enseigné à sa fille, avant d'initier sa petite fille. Elle lui a appris comment reproduire, au centimètre près l'œuvre, que pendant quelques jours elle a créée sur la plage de la crique. Nous possédons sur ce sujet des écrits très explicites

La seconde question est la suivante : Quelles sont les raisons qui ont amené la jeune Laurence à exécuter l'œuvre sur la plage ? La réponse semble évidente : Pour faire connaître à la population du village les agissements d'une famille qui ne recule devant rien pour accroitre sa fortune et trouve naturel qu'un dédommagement financier puisse tout faire accepter y compris le sordide. Il faut dire qu'avant les dernières manifestations artistiques de la jeune femme, aucun habitant du village (hormis, sans doute Béatrice Malinge) n'avait connaissance du drame qui s'est déroulé quelques vingt ans plus tôt.

La troisième interrogation concerne justement Béatrice Malinge. Que vient-elle faire dans cette galère ? Tout d'abord il faut rappeler qu'elle est apparemment la seule amie de Myriam. Elle possédait donc des informations sur son état de santé. En tout cas, et c'est tout à son honneur, elle ne l'a jamais abandonnée. Par ailleurs, son mari est propriétaire d'un bateau de pêche. Il est avéré que celui-ci a été contacté, à maintes reprises, par le consortium pour qu'il vende sa licence et devienne salarié du groupe. En vain ! Germain Malinge tient à sa liberté comme à la prunelle de ses yeux. Il a décliné les offres successives quand bien même s'accompagnaient-elles d'un dédommagement conséquent. (Cette méthode est décidément le modus vivendi de la famille Cherron). Acheter ! Acheter ! L'indépendance du jeune pêcheur n'a pas de prix. Sa probité l'honore. L'insistance du consortium, par ailleurs sous la direction d'un homme qu'il déteste pour son manque de scrupule, n'a fait que renforcer sa détermination à être libre. Il aime la mer. Il adore sa façon de pêcher très respectueuse de la faune marine et de la sauvegarde des espèces. Ce qui n'est pas le cas de son puissant rival. Il a une clientèle locale attitrée malgré quelques manœuvres douteuses de son concurrent indélicat, uniquement tourné vers le profit.

Deux êtres différents, deux mondes, deux façons d'envisager la vie et la nature.

Il était prévu de consacrer deux articles sur les causes d'un fait divers. La mission est remplie. Tout n'est pas expliqué pour autant. Précision d'importance : Tous les comportements décrits sont avérés, prouvés. Le but de ces articles est de répondre aux justes interrogations de la population sans avoir la prétention d'être exhaustif.

Merci à ceux qui ont collaboré en fournissant des informations fiables contribuant ainsi à dévoiler la vérité sur des faits troublants.

La lecture du second article, apparemment bien documenté, provoque un tsunami verbal encore plus important que la dépression du samedi précédent. C'est de la matière en fusion.

Les mâles de la famille Cherron se sont aussitôt réunis. La discussion est violente. Le père ne décolère pas. Ce salopard de Ramin va payer cher sa verve dégoulinante de saloperies. Il va attaquer et exigera des punitions exemplaires et coûteuses pour le scribouillard. On n'a pas le droit de salir ainsi des entrepreneurs qui font vivre des centaines de salariés et participent à l'expansion économique locale. Il va aussi attaquer le quotidien qui diffuse pareilles ignominies. Et ça va faire mal.

Marc, le maire du village, est également remonté... contre sa parenté. Il exige la vérité. Qu'on ne le renseigne pas sur la marche de l'entreprise, soit. Il a lui-même souhaité prendre du recul pour se consacrer uniquement à la politique, mais il y a des choses dont il aurait dû être mis au courant. Est-ce exact que son frère a quitté l'artiste après lui avoir fait un enfant ? Est-ce exact que l'entreprise a acheté le silence de la future mère ? Se tournant vers Rémy il lui demande si quelquefois il a pris des nouvelles de la gamine... de sa fille ? Les bras croisés, le buste droit et le regard sévère il exige des réponses. Et pas des boniments. Le cadet de la famille ouvre la bouche pour s'exprimer, le père ne lui en laisse pas le loisir :

- Si nous avons dédommagé cette femme, c'est uniquement pour son bien et pour que l'enfant qu'elle portait ne souffre pas d'un manque de moyens... financiers. Ton frère n'était plus amoureux de cette... (Il hésite) personne qui l'avait un peu... ensorcelé. Nous avons fait un geste plutôt noble.

Marc s'empourpre :
- Plutôt noble ! De qui te moques-tu ?

Continuant à s'adresser à celui dont le visage se décompose :

- Savais-tu qu'elle attendait un enfant ? Est-ce vrai que tu n'étais plus amoureux ?

Le père intervient à nouveau :

- De quoi te mêles-tu ? Ton frère n'a pas de comptes à te rendre.

- Cesse de parler pour lui, s'il te plaît. Rémy, es-tu devenu muet tout d'un coup ?

Le frère bredouille :

- Non, je ne suis pas muet et pas sourd non plus. Tu cries tellement fort que même si je l'étais, j'aurais quand même entendu ta question.

- Alors réponds. Savais-tu que la jeune femme était enceinte… de toi ?

- Qu'elle était enceinte, oui, c'est ce qu'elle m'a dit. Mais…

- Mais quoi ?

- Tu n'es pas obligé de répondre Rémy, réplique le père interrompant une nouvelle fois son fils ainé.

- Oh si, il va répondre. Et il va répondre franchement parce que je vous jure que je vais faire savoir que tout ça s'est passé sans que je sois au courant. Je vais faire savoir également que la version que vous m'avez fournie de cette séparation était pour le moins erronée. Mon erreur est que je m'en sois contenté. Ça aussi je le ferai savoir et j'en tirerai les conséquences. Alors, mon cher frère, dis-nous ta version… la véritable version parce que je ne vais pas me contenter de ce que tu vas me dire, je vérifierai, tu peux en être certain.

Le cadet se masse les joues. Il regarde son père ce qui n'échappe pas à son aîné :

- Non ! C'est ta version que je veux, pas celle de papa. J'ajoute que Ramin n'est pas toujours ma tasse de thé, mais je reconnais que ses articles sont très rarement diffamatoires. Il est trop prudent, trop futé… Alors… J'attends. Je ne suis pas pressé.

Le père s'offre une ultime tentative :

- Tu nous fais chier Marc. Tu t'es complètement désintéressé de l'entreprise. Nous, nous avons dû trimer pour la garder à flots. Notre fusion avec France Pêche était primordiale. Elle éliminait le risque certain d'une concurrence difficile. Les deux entreprises ont joué gagnantes dans cette affaire et le mariage de ton frère avec Stella a facilité le rapprochement. De plus, que cela te plaise ou non, il a rendu ton frère heureux. Et puis qu'est-ce que ça peut bien te faire tout ça. Occupe-toi de ta politique et fous-nous la paix. Est-ce que l'on se mêle de tes affaires, nous ?

- Il ne me semble pas t'avoir interdit de donner ton avis sur certaines décisions du conseil municipal. A plusieurs reprises tu ne t'en n'es pas privé, souviens toi. Tu essaies de noyer le poisson. Ça ne marche plus. Cette histoire ne me laisse pas indifférent parce que je ne me fais aucune illusion. Je vais avoir du mal à faire croire à la population que j'ignorais la façon dont la rupture s'est déroulée, que je n'étais pas au courant de la petite prime au malheur octroyée très généreusement à la femme abandonnée. Comment faire croire à la population que je ne savais pas que cette même femme était enceinte d'un exploit de mon frère, et de bien d'autres choses que je m'attends à découvrir dans les jours à venir ? Je vais pourtant m'y employer avec toute la conviction qui m'anime. Je ne veux pas porter un chapeau que je n'ai pas choisi. Je peux difficilement être plus clair. Si vous doutez, l'un et l'autre, de ma détermination, vous risquez de voguer vers des rivages inhospitaliers. Je vous le promets.

Le frère, abattu, se laisse choir sur l'un des somptueux fauteuils du salon tandis que le père ne se laisse pas impressionner par les propos de son fils ainé. :

- Monsieur veut sauver son siège de maire et de vice-président du Conseil Régional. Tu n'hésites pas à nuire à ta famille, à l'entreprise au risque de mettre de dizaines de salariés au chômage.

- Je vais te décevoir. Je ne veux rien sauver du tout. Cette affaire met un terme à des mois d'hésitation de ma part. Je suis las de la politique. J'en ai plein le dos de côtoyer tous les jours ou presque des collègues plus intéressés par leur carrière, et les avantages qu'elle procure, que par l'intérêt général. Il faut les voir éviter les décisions difficiles voire dangereuses pour leur avenir politique. Pour conserver la fonction, on accepte des compromis incroyables et des lâchetés multiples. Le nombre de couleuvres à avaler finit par étouffer les plus coriaces. Tu sais combien il y a de partis politiques dans ce pays ?

Le père fait un signe de la tête très explicite :
- Aucune idée.
- Soixante-quatorze ! Tu veux que je répète le chiffre, soixante-quatorze !
- Ah quand même.
- Et chacun veut avoir son mot à dire, montrer sa différence, attirer des adhérents, justifier son existence. Pour survivre il faut être agressif, et ne pas hésiter à trahir les amis d'hier sous le prétexte d'écouter la rue. C'est bien simple tout le monde se méfie de tout le monde. Plus personne n'est assuré d'une majorité. Ingérable ! Nous avons même entendu un chef de parti clamer qu'il était La République. Merveilleux non ? En tout cas un homme à coup sûr pétri de modestie, bourré de morgue.
- Il me semble qu'à tes débuts tu n'étais pas mal non plus.
- C'est vrai et certains de mes adversaires ne se privent pas de me le rappeler. L'humilité c'est comme le reste, ça s'apprend, enfin pour ceux qui veulent apprendre. Il faut savoir reconnaitre ses erreurs et ses emballements de jeunesse, où l'on se croit le maître du monde. C'est humain. Encore faut-il s'apercevoir de son erreur et vouloir y remédier…

J'en ai également marre de certains syndicats qui pour augmenter leur audience et leur nombre d'adhérents n'hésitent pas à aller dans le sens du vent qui souffle, pas toujours du bon côté, favorisant l'immédiat au détriment de l'avenir. Chacun pour soi. Demain est un autre jour et après nous le déluge. L'important, c'est l'imminent. J'ai le sentiment d'être en permanence entre le marteau et l'enclume. Alors, tu vois, ma décision est quasiment prise, je quitte tout ça. Je m'oriente vers autre chose sans trop savoir vers quoi.

- Joli programme ! Hurle le père.

- Sans doute mais tranquillité de l'âme. Ne t'en fais pas pour moi. Je vais rebondir. Je n'ai nullement l'intention de vivre à tes crochets ni à ceux de la société.

Le père regarde son fils droit dans les yeux. Il arbore un sourire trahissant le mépris qu'il éprouve face à de telles démonstrations, pour lui, synonymes de lâcheté :

- Tu craches sur tout ce que tu encensais hier. Tu te veux monsieur propre, mais il y a la réalité du monde, son évolution. On doit s'y adapter si on ne veut pas être dépassé. C'est à cela que l'on juge un homme entreprenant. Tu choisis de fuir… Eh bien fuis, mais ne me donne pas de leçon. Ce qui me préoccupe c'est où Ramin va pêcher ses informations. L'histoire du chèque de compensation, par exemple, seul Bertrand Madelin, le chef comptable, était au courant. Il fallait bien qu'il soit inscrit sur les comptes ce putain de chèque. Il est parti en retraite deux mois plus tard si ma mémoire est bonne et il est mort il y a un an et demi. J'avais entièrement confiance en lui. Quel drôle de monde !

Marc, fou de colère, saisit sa veste et se dirige vers la porte. D'une voix faible Rémy l'apostrophe :

- Il te manque une réponse à deux de tes questions. Tu m'as demandé si j'avais revu… ma fille. Oui. Oui, je l'ai revue. Papa m'a téléphoné mardi dernier en soirée pour m'informer qu'il avait appris que Ramin projetait d'écrire un article sur une jeune fille qui traçait sur la plage de la crique une œuvre éphémère identique à celle de Myriam. Ça m'a turlupiné, évidemment. Je suis donc venu ici mercredi. J'ai emprunté le chemin côtier et je l'ai vue. J'avais pris mes précautions pour que personne ne me reconnaisse. J'étais affublé d'un long imperméable dont j'avais relevé le col, choisi des lunettes aux verres fumés et une casquette discrète. Je ne te cache pas que ça été un choc. De la voir vêtue de la même façon que sa mère l'était il y a plus de vingt ans m'a paniqué. Elle se comportait exactement comme Myriam, sautillant autour de l'œuvre, prenant régulièrement du recul pour constater son avancement, enjouée par la création, merveilleusement vivante. Et puis, j'ai vu ses yeux verts, ses cheveux noirs qui ondulaient à la base de son cou... Comme sa mère... et son sourire également identique. J'ai cru être revenu en juillet 2000. Tant de similitudes à tous les niveaux. Un jeune homme est venu la rejoindre. Sans un mot il s'est assis sur un rocher. Il la couvait des yeux. Il fallait être aveugle pour ne pas s'apercevoir qu'il était amoureux. Moi, je ne bougeais pas. Mes chaussures semblaient collées dans la glaise du terrain. Une fois l'œuvre achevée, le jeune homme a applaudi. ils se sont rapprochés l'un de l'autre et ils ont discuté. Bien sûr, je n'ai pas entendu leurs propos. Au bout d'un moment, elle s'est levée, a pris ses instruments, a fait quelques pas et puis, elle s'est retournée. J'ai réussi à entendre qu'elle lui soufflait un prénom : Louane avant d'aborder la montée. Elle est passée juste devant moi, sans me regarder, l'esprit sûrement occupé par ce garçon et elle a disparu dans le bois. Je vais même te dire que j'ai vu arriver Ramin et son épouse. Grâce à mon accoutrement il ne m'a pas reconnu. Il était trop occupé à observer ce qui se passait sur la plage. Je me suis donc éclipsé discrètement. Voilà. Il ne me restait plus qu'à rentrer chez moi. Tu m'as également demandé s'il est vrai que je n'étais plus amoureux de Myriam. La réponse est plus délicate. Je commençais à m'interroger sur notre avenir commun, si je n'allais pas me lasser de cet éternel tourbillon qui m'accompagnait. J'ai eu l'occasion de rencontrer Stella lors des pourparlers concernant la fusion avec France Pêche. Elle était posée, les pieds bien sur terre, tout en étant charmante. J'ai eu le sentiment qu'elle ferait une épouse plus conforme au style de vie que je souhaitais. Je veux aussi que tu saches que je ne me suis pas trompé. J'aime Stella et mes deux enfants. Nous formons une famille heureuse, enfin c'était le cas jusqu'à ce jour et je n'envisage pas de sacrifier ce bonheur sur je ne sais quel autel moral ou religieux.

Il s'octroie une pause, cessant momentanément son long discours, ne regardant aucun de deux hommes présents dans la pièce, les yeux perdus, fixant un point indéterminé avant de reprendre :

- J'étais jeune. Trop jeune. Myriam, c'était l'aventure, l'insouciance du temps présent, entièrement tourné vers le plaisir que m'offrait la vie d'autant plus de facilement que mon père était riche. Stella c'était mon avenir. C'est peut-être indécent de dire ça, mais je ne regrette rien.

Nouveau silence que personne n'interrompt :

- Enfin, je veux dire je ne suis pas prêt à tout foutre en l'air. J'ai sans doute été inconscient, peut-être un peu salaud à l'époque mais… les choses sont ce qu'elles sont. Si c'était à refaire, je t'avoue que je ne sais pas quel serait mon choix. Mais on ne peut pas effacer le présent ni une partie du passé. Je le répète, je ne veux pas sacrifier ma famille actuelle. C'est comme ça.

Le père interrompt ce qui ressemble à un acte de contrition :

- Tout est dit, tu es content, Marc ? On en reste là.

Cette fois l'aîné des Cherron, fait appel à l'ironie :

- Rémy est sympa avec toi, papa. Il ne parle pas du rôle que tu as joué dans cette histoire. Ramin l'a été moins que lui. Juste un point : Je veux récupérer les actions que je possède dans l'entreprise. Cela va m'être utile pour me lancer dans un nouveau défi. Je suis d'accord avec toi, papa, tout est dit.

Le père veut répliquer mais son aîné a déjà ouvert et refermé violemment la porte derrière lui. Après s'être frotté le cuir chevelu, il se dirige vers le bar, sort deux verres et une bouteille de Whisky :

- Ton frère est décidément devenu cinglé... Un minable.

Rémy ne répond pas, il se lève, porte le verre à ses lèvres et engloutit le liquide brun d'un trait avant de s'asseoir à nouveau sans prononcer un seul mot. Monsieur Cherron père n'est pas homme à se lamenter pendant des heures. Il aspire à passer à l'offensive... au plus tôt :

- Il va nous falloir contre-attaquer Rémy, reprendre la main. En quarante ans de carrière j'en ai connu des types qui voulaient ma peau. Ils ont tous baissé pavillon. On va leur montrer qui nous sommes. Je téléphone à maître Verbeau. Il est toujours de bon conseil. Dès que j'aurai l'heure du rendez-vous, je te le fais savoir. Ce sera sans doute demain parce que c'est urgent.

Le cadet des Cherron regarde son père. Il hoche la tête et articule enfin :

- Moi, je vais y aller, parce que, pour l'instant ma principale préoccupation, c'est de savoir comment présenter les choses à Stella.

Il quitte la pièce sans un regard pour son géniteur. Celui-ci reste seul dans son immense bureau. Abasourdi. Il découvre que le fossé qu'il a creusé pour protéger son empire est devenu une profonde douve. Il est maintenant isolé du reste de monde mais également de sa famille en laquelle il avait fondé tant d'espoirs. Sans le lui dire, il était plutôt fier de son fils aîné qui avait su se hisser vers des instances de décision, et voilà qu'il abdique, qu'il aspire à retrouver l'anonymat. Que dire de son cadet qui n'a jamais été à la hauteur ? A qui la faute ? Que dire de son épouse qui s'est enfuie dans la contemplation d'un coucher de soleil sur la mer, du givre hivernal sur les branches dénudées des arbres ou encore dans l'écoute des pépiements d'un oiseau au lever d'un jour printanier. Elle pratique également le yoga, et il la suspecte même d'écrire en secret des romans à l'eau de rose. Beau bilan en vérité. Belle panoplie de perdants.

Il se sert à nouveau un verre de whisky avant de se laisser tomber dans son fauteuil directorial.

Dans la maison basse à l'orée des pins, règne un sentiment mitigé. Leur action est couronnée de succès. Ramin a été bien au-delà de ce que les conspiratrices pouvaient espérer. Nul ne sait en revanche comment les choses vont évoluer. Le vieux Cherron doit être fou de colère. Quelle va être sa réaction ? Il s'est jusqu'à maintenant tiré de tous les pièges tendus par ses adversaires. C'est un opiniâtre, dur en affaires et sûrement porté sur la vengeance quand on le défie et qu'il perd. Béatrice se veut optimiste :

- Le vieux est salement coincé. Ramin a été très précis et personne ne doute qu'il n'a pas sorti ses révélations sans avoir la preuve de ce qu'il écrivait. Ce vieux bouc a du courage et du talent mais il est également prudent.

Elle lui en veut un peu moins de ne pas l'avoir consultée. A-t-il voulu la préserver des foudres du PDG du consortium maritime ? Pourquoi l'aurait-il fait ? En tout cas, son amie Myriam est en partie vengée parce que les questions vont fuser maintenant. La population va vouloir en savoir un peu plus. Cette histoire va faire la une des discussions du village. C'est certain. Elle veut avec ses complices et Germain fêter cette victoire. Elle va chercher quatre verres dans le placard mural tandis que l'homme de la maison sort trois bouteilles d'un coffre en bois posé à même le sol. Aujourd'hui on s'offre le choix.

Josie n'est pas fâchée que cette histoire se termine, et qui plus est, de façon positive en ce qui concerne le résultat obtenu. Elle a participé au nom de l'amitié, sans enthousiasme particulier. Elle est prête à passer à autre chose, notamment à forger son avenir dans tous les domaines.

Germain est lui aussi soulagé. Sans le faire savoir il craignait que celles qu'il soutenait, sans participer à leur action, essuient un cuisant échec. Bien que connaissant depuis toujours Ramin, il ne pensait pas qu'il irait si loin, qu'il serait si performant et encore moins que le journal accepterait ses articles. Cherron est un homme influent que personne ne souhaite se mettre à dos. Mais là, le coup est rude d'autant plus qu'il a été initié par des femmes, avec la complicité des hommes, il est vrai. Le fait doit être encore plus douloureux pour un être aussi macho que lui. L'humble marin pêcheur ne peut s'empêcher d'être secrètement admiratif devant l'imagination mais aussi la persévérance des comploteuses dont son épouse et sa fille font partie.

Seule Laurence éprouve des sentiments mitigés. C'est une victoire chèrement acquise qui ne la satisfait pas autant qu'elle l'espérait. Une victoire à la Pyrrhus en quelque sorte qui ne guérira sans doute pas sa mère. Aura-t-elle seulement conscience de ce qui a été entrepris et du séisme que cela va provoquer chez les Cherron et plus spécifiquement chez son père ? Le pire dans cette histoire c'est que cette épopée ne lui aura pas permis de connaitre son géniteur. Elle se rend compte qu'elle avait en elle cet espoir, certainement insensé, de le rencontrer et qui sait… L'espoir, même quand il est inconscient, fait vivre. Le point réellement positif c'est d'avoir fait la connaissance d'Alexandre mais que se passera-t-il quand chacun sera séparé, sera retourné dans son monde ? Leur relation ne sera-t-elle pas qu'une amourette de vacances ? Un beau souvenir ? Elle a toujours un peu fui les hommes. Quelque chose en elle lui fait douter de leur sincérité. Avant d'être amoureux ne sont-ils pas animés d'un désir de conquête, d'une preuve qu'ils plaisent, d'une fierté de coqs conquérants ? Elle veut se persuader que son ami n'est pas de cette trempe-là, qu'il est sincère et réellement épris d'elle. Mais pourquoi serait-il différent des autres hommes ? La vie est complexe, les relations humaines hasardeuses. Elle se rabroue intérieurement. Goûte l'instant présent ma vieille se dit-elle. Savoure le plaisir actuel. C'est si fugace la félicité. Elle saisit avec une joie non feinte le verre que lui tend le maître des lieux tout en souhaitant une boisson non alcoolisée.

Martine est inquiète, toute en étant satisfaite de la tournure des événements. Le vieux Cherron doit être dans une belle colère. Toutefois, elle craint que cette affaire divise le village et surtout qu'on la désigne comme l'élément déclencheur.

Ce matin, ça bruisse de partout, On chuchote, on rit sous cape, on s'offusque, parfois même on s'affronte par peur, par intérêt.

- Il fait quand même vivre du monde Cherron. Faudrait pas que…
- Que quoi ?
- Ben que…
- Tout ne lui est quand même pas permis…
- Si c'est vrai ce qu'a écrit Ramin, c'est quand même un beau salaud…
- Attends, attends, est-ce que c'est vrai ?
- Ramin il est ce qu'il est, mais ce qu'il écrit…
- Il peut se tromper non ? C'est pas le bon Dieu.
- Qui c'est qu'a allumé la mèche ?
- Martine… Enfin il parait.
-Tu dis n'importe quoi.
- Non, madame, je le sais de source sûre.
- Ben tiens !
- De toute façon, si cette histoire est vraie…
- Elle l'est !
- Qu'est-ce que t'en sais ?

Martine est au courant de tout ce brouhaha. Son amie Lucette, la patronne du restaurant sur le port est déjà passée la voir. Elle lui a relaté l'ambiance délétère qui règne dans le bled. Martine se fait le reproche de s'être mêlée de ce qui ne la regardait pas. Son amie ne partage pas son sentiment :

- Je ne suis pas d'accord avec toi. Tu as peut-être, sans le vouloir, permis de dévoiler une sale action de cet enfoiré de Cherron. Parce que si c'est vrai… et je crois que ça l'est… Dans le cas contraire, Ramin ne se serait pas hasardé à écrire ce qu'il a écrit.

Pour sa défense, qu'elle prépare déjà, l'ex-épicière argue qu'elle ne pouvait pas deviner une telle issue, ignorant les agissements du clan Cherron et leurs répercussions sur l'ex-amie de Rémy et de sa fille dont tout le monde a découvert l'existence.

- C'est bien ce que je te dis, tu ne pouvais pas deviner pareille saloperie, donc il n'y avait chez toi aucune mauvaise intention.

- C'est certain, mais enfin, si j'avais su…

- Allez payes-moi un café. Après tout, cette histoire va réveiller ce village qui somnole.

- ça risque même de faire du bruit.

- Eh ben tant mieux.

L'eau de la bouilloire commence à frémir, les tasses, le sucre et les dosettes sont déjà sur la table de la cuisine. Les petites cuillères ne vont pas tarder à les rejoindre.

Ce qui sidère et révolte presque tout le monde, Alexandre le sait depuis plusieurs jours. Le pamphlet du journaliste local correspond à quelques détails près à ce que lui a raconté Laurence. Il n'est donc ni surpris ni exaspéré par l'article. Sa religion est faite. Au jeu des sept familles, les Cherron ne font pas partie de la famille la plus sympathique, loin de là, surtout le père. Il est venu le temps, pour cette prétentieuse dynastie, de payer la note et autrement que par l'argent. Sale temps pour sa réputation. Ce qui pose question c'est le rôle du maire. Ramin est assez discret sur ce sujet et Laurence ne savait pas non plus son implication dans cette scandaleuse affaire. Mais sa véritable préoccupation se nomme justement Laurence. Il sait qu'elle va avoir besoin de soutien, que malgré cette première victoire, elle n'est pas au bout de ses souffrances. Il cherche comment lui venir en aide de façon efficace. Il la sait déchirée. Un père, même coupable, reste un père, un père qu'elle n'a jamais vu. Il ne parvient pas à imaginer comment on peut vivre une telle situation. Il lui téléphone et propose une promenade vers la grande plage... ou ailleurs si elle le souhaite.

Au ton de la voix de la jeune femme, il devine qu'il ne s'est pas trompé. Elle est perturbée, déboussolée. Elle saisit la proposition comme un naufragé se jette dans un canot de sauvetage.

Ernest Desrues, anéanti par cette affaire, décide de fermer au moins une semaine sa boutique de jeux, jouets, souvenirs et matériels scolaires. Il veut couper les ponts entre lui et l'ambiance délétère qui embrase le village. Il se sent un peu coupable de cette situation et du même coup est mal à l'aise lorsqu'il croise un habitant. Il a le sentiment qu'on le regarde de travers. Il croit percevoir dans les regards un lourd reproche. Il est l'homme qui a favorisé le chaos. Il prend avec son épouse la direction des Pyrénées, où il possède un petit pied à terre. L'air de la montagne va lui faire le plus grand bien. Toutefois il ne peut s'empêcher d'avoir une certaine admiration envers Ramin. S'attaquer à la famille Cherron demande une sacrée dose de courage. Dans son désarroi il y a des moments où une petite voix lui susurre que si Cherron paie la note il aura quelque part, lui Desrues, été de ceux qui ont allumé la mèche qui a tout fait péter.

Pierre Otton est resté un moment interdit. Ce clan qu'il déteste, pour de nombreuses raisons, dépasse vraiment les limites. Il doit payer. Et payer cher ! Comment ? C'est à voir. C'est à en discuter avec les membres de l'opposition au conseil municipal tout en sachant qu'ils ne sont que trois, tandis que la majorité affiche huit sièges. Il est conscient que cette majorité-là n'abandonnera jamais son chef.

Marc rentre chez lui de sale humeur. Décidément son père ne changera pas. Il sera toujours l'être autoritaire et hautain qui le caractérise. Il espère seulement que son frère a cette fois ouvert les yeux sur sa dépendance totale envers le pater. Il repense à la discussion avec sa parenté, imaginant ce que la transaction scandaleuse de son père a provoqué chez l'ex petite amie de Rémy. Non, tout ne peut pas s'acheter et heureusement. Il comprend qu'être traitée comme elle l'a été puisse provoquer une dépression grave. Que son nom soit associé à cette ignominie le révulse. Une idée pour le moins particulière lui traverse l'esprit.

Pendant ce temps-là, Rémy roule lentement. Ce n'est pas son habitude. Il aime la vitesse. Pas aujourd'hui. Il hésite quant à la marche à suivre. Une chose est sûre, il doit tenir son épouse au courant des articles parus dans le journal. Il veut être le premier à l'informer. S'il ne le fait pas, d'autres prendront un malin plaisir à s'en charger. Les conséquences pourraient être désastreuses... Pour eux tous les deux.

Il y a bien longtemps qu'il n'a pas été aussi troublé et le mot est faible. Il doit aussi lui dire qu'il l'aime. Non ! Il ne doit pas seulement lui dire, il doit lui jurer, la supplier de le croire. Il va lui offrir des fleurs. Non ! Il pourrait donner l'impression de vouloir l'amadouer ou pire encore, l'acheter. Il n'aurait jamais dû lui cacher sa liaison avec Myriam. Quelle lamentable erreur. Quelle maudite faiblesse. Mais ce qui est fait est fait. Comme trop souvent, il se cherche des excuses : J'étais jeune... Je n'ai pas mesuré la situation comme j'aurais dû le faire. Je... Il ne sait plus. Il n'a plus envie de jouer à ce jeu-là. Il lui faut tout avouer, y compris l'inavouable.

En appuyant sur la télécommande ouvrant automatiquement le grand portail de sa propriété, il n'a toujours pas pris de décision concernant les mots, les attitudes qui autoriseront la compréhension, peut-être même le pardon. Il est complètement désarçonné.

Il gare la Mercédès noire à l'emplacement habituel.

Après avoir gravi les quelques marches qui mènent au perron, il ouvre la porte d'entrée. Une boule s'installe au creux de son ventre. Le vaste hall lui parait démesuré. Il se dirige vers le salon comme un condamné à mort monte à l'échafaud.

Stella est assise dans son fauteuil favori offert lorsqu'elle avait quatorze ans. Elle regarde, au-delà de la baie vitrée, l'océan. C'est une vue dont elle ne s'est jamais lassée. L'immense étendue d'eau est toujours son réconfort lorsqu'elle connait un charivari intérieur. Combien de fois a-t-elle rêvé d'être seule à la barre d'un voilier sillonnant les mers à la découverte de nouveaux horizons sans pour autant regretter sa vie avec Rémy et ses deux enfants. Une belle vie de famille. Aujourd'hui, elle ne sait plus quoi penser. Elle attend. Elle espère. Les minutes qui vont suivre l'entrée de son mari dans ce salon cossu vont décider de son avenir, de leur avenir. Elle est angoissée comme jamais.

Il entre.

Les rideaux donnant sur la terrasse sont tirés. Il la voit fixant l'horizon. Il avance lentement vers elle :

- Bonsoir…

Il ne reçoit aucune réponse. Elle ne l'accueille pas avec ce merveilleux sourire qu'il aime tant. Elle ne bouge pas de son siège, ne se lève pas pour venir vers lui et l'embrasser comme elle le fait toujours en pareille circonstance. Il s'assoit sur le canapé placé à angle droit du fauteuil avant de murmurer :

- Il faut que je te dise quelque chose Stella.

Sa voix est caverneuse.

Elle reste muette et ne le regarde pas.

- Voilà. Papa nous a convoqué Marc et moi pour…

Il s'arrête, prend une ample respiration. Ses mains se joignent comme pour une prière :

- Suite à deux articles parus dans le journal, nous concernant… enfin concernant la famille, surtout mon père et moi… En fait il s'agit de deux articles sortis l'un samedi dernier, l'autre ce matin. Ils dévoilent qu'avant toi, j'ai connu puis fréquenté une autre femme. Elle s'appelle Myriam Balmin. Elle était artiste, notamment d'œuvres éphémères. J'aurais dû te dire tout cela plus tôt...

Stella reste assise, immobile.

- Je te dois toute la vérité, mais avant je veux t'assurer que je t'aime, que j'aime Léandre et Adèle, que je...

Elle tourne son visage vers lui. Il ne reflète aucune haine, aucun ressentiment, simplement une immense douleur, une infinie tristesse. D'une voix lasse, elle l'interrompt :

- Je sais. Une âme charitable et anonyme a glissé, ce matin, dans notre boite aux lettres, une photocopie de chacun des articles dont tu me parles.

Elle se lève, se dirige vers le guéridon sur lequel elle saisit deux feuilles de papier blanc. Rémy devient livide. Le sang a quitté son visage, ses mains tremblent. Il se lève à son tour pour rejoindre son épouse, tête basse, les yeux embués de larmes naissantes.

Elle sait donc.

D'un ton qui se veut calme, posé, ses yeux fixant ceux de son époux, elle poursuit :

- Si tu ne m'avais rien dit, je... je t'aurai demandé de quitter cette maison. Mais, et j'en suis heureuse, tu ne t'es pas dérobé. Maintenant, j'attends ton récit, ta version. S'il te plait, dis- moi la vérité, toute la vérité.

Rémy ne sait s'il doit se précipiter vers elle et l'embrasser ou rester à distance le temps de ses aveux. Stella a retrouvé son fauteuil, il s'assoit à nouveau sur le canapé. Il croise ses mains, les décroise, les pose sur ses genoux et se lance enfin :

- J'ai connu Myriam lors d'une fête chez des amis. Elle était aussi volubile que j'étais réservé. J'ai aimé son sourire, ses fous rires, sa façon d'aborder la vie sans complexe. Je me suis laissé porter par son irrésistible tourbillon. Rien n'avait d'importance à ses yeux. Tout le contraire de mon éducation stricte, bourrée d'interdits et d'obligations. C'était enivrant. Je planais. Je vivais dans un autre monde. Pour ne rien gâcher, elle était belle. C'est vrai. Lentement, je me suis lassé de cet univers d'insouciance, d'irresponsabilité, de ce décalage avec le monde réel, de ce qui m'apparaissait comme un comportement futile. Et puis je t'ai rencontrée. Souviens-toi, nos deux familles s'étaient réunies pour sceller la fusion de nos entreprises respectives. J'ai admiré ton calme, ta détermination, ton sourire, ton intelligence mais aussi ta beauté. Elle était brune comme le geai, tu es blonde comme les blés. Elle m'exaltait, tu m'apaisais. J'ai même dit aujourd'hui à mon père et mon frère qu'elle était ma jeunesse et que tu étais mon avenir. La jeunesse ne dure qu'un temps. Alors je suis allé lui dire que malgré les bons moments vécus avec elle, je mettais fin à notre relation. Elle s'est mise à hurler à me dire que je n'étais qu'un salaud de profiteur et qu'elle attendait un enfant de moi. J'ai cru que le ciel me tombait sur la tête. Un enfant ! J'étais follement amoureux de toi et ne voulais pas te perdre. Tu imagines dans quel état je me trouvais. J'ai cru bon de me confier à mon père. C'est fait pour ça, un père. Enfin habituellement. Il m'a regardé, un demi-sourire aux lèvres. Calmement il m'a dit de ne pas m'inquiéter, qu'il allait arranger ça. Le soir même, il m'a informé, toujours aussi serein, qu'il n'y avait plus de problème, que l'affaire était réglée, ajoutant que la demoiselle avait fini par lui avouer qu'elle n'était pas enceinte, qu'elle m'avait dit ça pour que je reste avec elle, mais qu'elle m'aimait. En se marrant franchement il a poursuivi ce qui s'apparentait pour lui à un simple compte-rendu. Il a prétendu que lorsqu'il a sorti son carnet de chèques, elle est devenue tout à fait coopérative allant jusqu'à lui dire que l'on n'entendrait plus parler d'elle. Il a terminé son laïus par cette phrase qui résonne encore dans ma tête : *Tu vois, tout s'achète*. Seulement voilà, ce matin il a nous a dit, à Marc et à moi, qu'il avait versé l'argent pour que l'enfant qui allait naitre ne manque de rien, tout en précisant même : financièrement. Il m'a donc menti, il y a vingt ans. Et moi, comme un con, je l'ai cru. Je l'ai cru parce que ça m'arrangeait, parce que je pouvais, sans culpabiliser, t'aimer. Quand il nous a froidement annoncé ça, en début d'après-midi, je n'ai pas réagi, mais j'ai eu l'impression de recevoir une gifle. Je me suis juré que plus jamais il se moquerait de moi et qu'il allait payer la note. Comment ? Je l'ignore. Ce que je sais c'est que plus rien ne sera comme avant d'autant moins que mercredi, lorsque je suis allé sur le chemin côtier, j'ai vu ma fille. Lorsqu'elle est passée devant moi, sans me regarder, j'ai aperçu sur sa joue droite, juste en dessous de son œil un grain de beauté noir exactement là où moi-même j'en possède un. Je ne veux pas te perdre Stella, je veux continuer à vivre avec toi. Les enfants et toi, vous êtes mon soleil, ma joie de vivre. Que Myriam soit hospitalisée presque en permanence me touche, je ne le nie pas, mais pas au point de vouloir vivre avec elle. Sûrement pas. Je sais que maintenant je ne me laisserai plus jamais guider ma conduite par qui que ce soit. Je ne ferai plus preuve de faiblesse.

Pendant tout le récit Stella a regardé Rémy. Son visage reflète une grande douceur. Elle se lève du fauteuil. Il quitte le canapé. Ils sont face à face. Elle prend les mains de son mari, les enserre dans les siennes :

- Je n'ai jamais vraiment apprécié ton père, c'est un arriviste, un ogre qui veut tout avaler, dusse-t-il écraser les autres. Tu es tellement différent de lui, tellement plus humain, c'est d'ailleurs ce qui m'a séduit chez toi, ton humanité et même, je le reconnais, tes doutes permanents. J'ai horreur des types sûrs d'eux-mêmes, des machos, de ceux qui veulent dominer à tout prix, qui ne tiennent compte que de leurs propres intérêts, qui ne reculent devant rien ni personne pour assouvir leur soif de pouvoir. Tu lui es tellement supérieur. Tellement plus respectueux. Nous n'oublierons pas cette jeune femme. Laurence, c'est ça ?

Il hoche la tête en signe d'assentiment.

- Nous l'aiderons si nécessaire. C'est ce que font des milliers de familles reconstituées. Nous entrerons dans cette catégorie, sans honte aucune. En parlant de famille, j'ai reçu un coup de fil de mes parents. Leur bateau mouille actuellement dans le port de Saint-Malo. Demain ils prendront la route du retour. Papa m'a dit que Léandre était devenu un formidable navigateur et qu'Adèle était douée pour tenir le livre de bord. Tout se passe à merveille.

Rémy dépose un baiser sur les lèvres de son épouse :
- J'ai une sacrée chance. Merci pour ton amour. Merci d'être ce que tu es. J'avais tellement peur de te perdre. En venant ici, je craignais de connaitre dans la même journée la confirmation d'un père abject et l'abandon d'une conjointe grièvement blessée. Je comprends mieux maintenant que Marc ait refusé de travailler dans l'entreprise et choisisse la politique. Il fuyait la tyrannie paternelle. Au fait, il a souhaité ne plus être actionnaire de la boite, tout comme il envisage maintenant de quitter la mairie et le Conseil Régional, redevenir un citoyen lambda.
- Nous en reparlerons. Je crois qu'il y a mieux à faire.
- Comment ça ?

Ce soir, je n'ai plus envie de parler de tout cela. Attendons demain. Je veux que nous passions une belle soirée en amoureux. Repas en tête à tête pour commencer.

Il n'est pas encore dix heures quand le portable de Marc se fait entendre :

- Marc, bonjour, c'est Rémy.
- Oui, bonjour.
- Marc, peux-tu te libérer pour midi ?
- Oui, pourquoi ?
- Nous t'invitons à déjeuner à la maison. Comme tu t'en doutes, nous avons longuement parlé, hier au soir, Stella et moi.
- Je te crois...
- On aimerait te rencontrer pour discuter de notre avenir à tous, après cette sale histoire.
- Pas de problème. Je suis chez vous à midi pile.

Ce court entretien téléphonique avec son frère n'étonne pas Marc. La veille, il l'a vu sérieusement chamboulé. A-t-il enfin compris l'emprise de son père sur sa destinée ? Est-ce Stella qui lui a ouvert les yeux ou lui-même qui ne veut plus être sous le joug de son paternel ? En tout cas le ton de son frangin est ferme, décidé, et c'est une agréable surprise.

L'horloge lumineuse de la Renault 25 turbo affiche douze heures zéro cinq lorsqu'elle franchit le portail d'entrée. Les propriétaires des lieux l'accueillent sur le perron avec un large sourire.

Par la baie du salon on voit la mer grise moutonnée de blanc s'agiter au gré d'un vent naissant qui fait se poursuivre de gros nuages noirs.

Ils s'assoient dans les fauteuils en cuir roux. Rémy s'exprime avant même que Stella sorte les verres apéritifs et les bouteilles.

- Voilà. Hier soir, comme je te l'ai dit au téléphone, nous avons beaucoup réfléchi Stella et moi. Ce qu'a fait papa il y a vingt ans est grave. L'article de Ramin va obligatoirement nous nuire et c'est normal. Nous devons donc réagir et de façon radicale.

Marc est pour le moins étonné par le ton employé par son frère. Il ne l'a pas habitué à un discours aussi péremptoire. Cela tient presque du miracle. Volontairement il ne réagit pas. Il offre un air très attentif, montrant l'intérêt qu'il porte à l'entrée en matière de son frère qui, encouragé par l'attitude de son interlocuteur, poursuit :

- Nous proposons de réunir tous les actionnaires afin de leur expliquer la situation. La seule solution pour que l'entreprise s'en tire sans trop de dégats, c'est de demander à papa de prendre une retraite bien méritée. Nous avons fait le tour des financeurs. Certes papa possède 35% des parts à lui seul, mais nous sommes quatre à cumuler 40 % : Le père de Stella, Stella elle-même, toi et moi. Je me fais fort de persuader certains actionnaires de nous suivre. Fais le calcul nous pouvons être largement majoritaires, à condition que tu nous suives. Qu'est-ce que tu en penses ?

Marc prend quelques secondes de réflexion avant de répondre à cette question qui, sans qu'il puisse l'expliquer, le met mal à l'aise. Il est indubitable que la proposition de son frère et de sa belle-sœur coule de source. Le patriarche comme il surnomme parfois son père est le principal responsable de la situation actuelle. C'est évident. Son comportement a même dépassé l'entendement, mais… Alors pourquoi cette hésitation ? Il reprend ses esprits :

- Rassure-moi, quand tu dis : nous avons fait le tour, vous n'avez pas déjà contacté les actionnaires ?

- Non, bien sûr que non, nous ne l'avons pas fait. Nous avons simplement calculé selon ce que chacun possède.

- D'accord ! Mais que reproche-t-on réellement à papa ?

Rémy est troublé par le comportement de son frère. Il ressent chez lui comme un soupçon de doute. C'était jusqu'à aujourd'hui celui qui, en privé, le critiquait le plus. Que signifie cette soudaine réserve ? Il se racle la gorge avant de répondre à la question qui vient de lui être posée :

- De prendre des décisions sans vraiment tenir compte de ce qu'en pense ses collaborateurs. Il n'hésite pas non plus à mentir lorsqu'il juge cela nécessaire au bon fonctionnement de l'entreprise au risque de passer pour un être inhumain. Il est prêt à tout sacrifier sur l'autel de la boite dont il est, à ses yeux, le seul patron, y compris la vie privée de ses enfants et du même coup mettre en péril la pérennité de la société.

- Tu as raison c'est exactement cela et je le partage, mais ce que vous me proposez tous les deux, relève du même comportement.

Stella et Rémi figés dans leurs fauteuils semblent devenus des statues de marbre sculptées dans une incompréhension totale. La propriétaire des lieux réagit la première :

- Tu peux nous expliquer, parce que là… Je…

- Si je comprends bien, vous voulez proposer à papa de convoquer le conseil d'administration, avec comme ordre du jour : Suite à l'article sur le journal : information sur la situation actuelle et étude des moyens pour y faire face, sans mentionner l'objectif premier qui est sa démission.

- Lui dire la vraie raison c'est recevoir un refus. Il joindra aussitôt chacun des actionnaires et persuasif comme il l'est…

- C'est une pure manipulation, un mensonge par omission, pour le sacrifier sur le même autel que celui que vous venez de me citer. Je veux être clair. Je partage les raisons de votre action, je les partage même complètement, mais je refuse la façon dont vous voulez procéder. Pris dans un piège, il va se débattre jusqu'à déchirer le filet dans lequel vous voulez l'immobiliser. L'affrontement va être terrible et je doute que nous tenions le coup. Il me parait inconcevable de le livrer à l'éventuel vindicte des actionnaires sans l'avoir informé au préalable de notre souhait, sans en avoir discuté avec lui avant de lui imposer nos vues grâce à notre position majoritaire. En fait on lui tend un traquenard qui ne pourra déboucher que sur un conflit qui finira par nous détruire tous et briser ce qui a été construit depuis des années. Nous le savons, l'entreprise c'est toute sa vie. Nous devons le persuader de passer la main, mais nous devons le faire dans le respect et non dans l'affrontement. Faire différemment nous précipite obligatoirement vers un cuisant échec. Ce conseil d'administration, nécessaire, nous devons le précéder d'une rencontre avec lui afin d'analyser la situation actuelle, les répercussions possibles, les solutions envisageables et proposer celle qui sera justement la moins pénalisante pour son joyau que représente, à ses yeux, l'entreprise. Il n'est pas impossible de penser qu'il la suggère lui-même.

- Tu rêves, tu délires, ou quoi ?

Rémy est complètement abasourdi. Comment quelqu'un qui connait monsieur Cherron père, aussi bien que Marc, peut imaginer l'espace d'une seconde que ce dernier va accepter de quitter le navire sans coup férir ?

- Tu connais papa, il vit, il respire pour l'entreprise. C'est son troisième enfant si l'on est gentil et son premier si l'on est réaliste.

- Sauf s'il comprend que c'est la seule solution pour justement sauver ce joyau. Je ne me fais aucune illusion, le jour où il passera la main ce sera purement administratif et il nous faudra beaucoup de fermeté pour l'empêcher de continuer à influencer les décisions.

Stella ne dit rien. Elle pèse chacun des mots de son mari et de son beau-frère. Progressivement elle reconnait que ce dernier a probablement raison. Ses arguments sont pertinents. Elle devine que derrière les mots de Marc se joue un combat singulier. Il connait parfaitement son père. Il désapprouve complètement bon nombre de ses comportements mais, la chose est nouvelle pour elle, il ressent, bien qu'il veuille le cacher, une réelle admiration pour lui. Position difficile. Elle s'autorise à prendre la parole :

- En vous écoutant je me dis que Marc a sans doute raison sur le fait qu'il faut que nous parlions au préalable à ton père, Rémy. C'est une question de respect mais aussi d'apaisement. Pour le reste, nous devons exiger de lui qu'il n'influe plus sur la marche de la société, tout comme mon père l'a fait après son départ à la retraite. Ce sera sans doute le plus compliqué.

- ça c'est un doux euphémisme, admet Rémy.

Ce à quoi Marc réplique, calmement :

- Ce n'est pas si sûr. Il va avoir soixante-quatorze ans. Il me parait fatigué depuis quelque temps. Il n'est pas fou, il se rend bien compte que l'article de Ramin est dangereux et, tu l'as dit toi-même, il ne voudrait pas que l'on porte l'opprobre sur ce qu'il a créé, géré contre vents et marées pour en faire une réussite. Et puis, j'aimerais bien, avant que nous fixions la date de cette difficile réunion, rencontrer quelqu'un.

On peut savoir qui ? Demande Rémy.

Marc prend un temps de réflexion. N'est-il pas trop tôt pour dévoiler ce qui trottine dans sa tête depuis la veille ?

- Oui, bien sûr que vous pouvez savoir. Ramin n'a pas rencontré la mère de Myriam. J'en suis certain. S'il l'avait fait il en aurait parlé longuement. Il ne la cite qu'une seule et unique fois sur l'ensemble de ses deux articles, juste pour souligner que c'est elle qui a élevé sa petite fille. Pourquoi ce silence ? Ne serait-elle pas de celles et ceux qui ont claqué la porte au nez de notre journaliste local ? Il a lui-même précisé dans son premier écrit qu'il y avait des gens qui n'avaient pas voulu le recevoir, sans préciser lesquels, au nom du respect de leur refus de le rencontrer. Si mon hypothèse est vérifiée, pourquoi cette mère apparemment aimante ne s'est pas exprimée après toutes ces années de souffrance causée par notre famille ? A sa place j'en connais beaucoup qui auraient sauté sur l'occasion. Moi le premier. C'est humain. Elle, elle ne l'a pas fait. Qu'en pensez-vous ?

Le couple se regarde. Une fois de plus, c'est Stella qui répond la première !

- Cette femme a peut-être estimé qu'il n'était pas opportun de réveiller cette affaire vieille de plus de vingt ans … qu'elle ne veut plus revivre les moments difficiles qu'elle a connus… qu'il ne sert à rien de rouvrir une plaie qui commence tout juste à se cicatriser… qu'elle a suffisamment souffert et ne veut plus…

Elle s'arrête, semble chercher le mot précis. Rémy prend le relais :

- Discuter de cette affaire, tout simplement.

Marc opine du chef :

- Peut-être ou peut-être pas. Le meilleur moyen de le savoir c'est de la rencontrer.

Cette fois Rémy ouvre des yeux exorbités :

- Tu veux la rencontrer ?

- Oui, et le plus tôt possible. Tu connais son adresse ? Enfin, je veux dire, tu te souviens de son adresse ?

- Pour être franc, non. Je ne l'ai jamais rencontrée chez elle. J'ai vu cette femme à deux ou trois reprises. Attends… une fois chez Myriam… et deux fois sur un terrain d'expression, comme elle qualifiait ses lieux d'interventions artistiques. Jamais à son domicile. Jamais.

- Ce n'est pas grave. Je connais quelqu'un qui va me renseigner… Enfin, j'espère. Laissez-moi jusqu'à demain soir. On se retrouve ici vers dix-huit heures. Nous fixons une date de rencontre avec le boss, sans doute jeudi, vendredi au plus tard. Bon, en attendant, il me semble que j'étais invité à déjeuner. Ne faites pas cette tête-là. Je ne veux rien détruire, bien au contraire, je veux construire quelque chose de nouveau… ensemble… avec vous… sur des bases solides. Et puis n'oublions pas, si nous voulons être crédibles, il nous faut définir nos rôles respectifs, en fonction de nos compétences. Il est indispensable que nous nous présentions devant le père avec un projet costaud et une organisation qui tient la route. Vous le savez aussi bien que moi, papa a du répondant. Nous devons lui montrer que nous ne sommes pas des écervelés.

C'est dans un climat légèrement apaisé qu'ils entrent dans la salle à manger, où la table est déjà dressée.

Dès son retour au village, l'aîné des Cherron se dirige vers la maison à l'orée du bois de pins.

Béatrice, informée d'une visite, grâce à la musiquette émise par la sonnette d'entrée, ouvre la porte donnant sur la rue. Elle ne peut cacher son étonnement de voir Marc planté devant elle, visiblement mal à l'aise, lui offrant un pâle sourire :

- Est-ce que tu peux me recevoir, j'ai… Enfin j'aimerais avoir un entretien avec toi.

Chez la propriétaire des lieux, ce n'est plus de l'étonnement, c'est bien au-delà. Elle bredouille un oui famélique et fait signe qu'il peut entrer.

Ils se connaissent depuis leur tendre enfance. Ils ont ensemble fréquenté la même école primaire avant de suivre des scolarités et des chemins différents. Sans être arrogant, il donne rarement à voir une telle hésitation.

Assis sur des chaises paillées de chaque côté de la table de la salle à manger, ils ignorent l'un et l'autre comment va se dérouler leur conversation. Béatrice attend. C'est à lui de commencer. Il le sait. Il a l'habitude des moments délicats. A la mairie tout comme à la région, tout n'est pas un long chemin tranquille mais celui-ci revêt une importance particulière :

- Est- ce que Laurence et ta fille sont ici ?

- Non, elles sont parties avec Germain et le petit-fils de Martine, au cinéma. Moi le film ne me disait rien, répond Béatrice sur un ton teinté de méfiance.

- Je comprends que ma visite puisse surprendre, surtout en milieu de soirée. Je prends conscience de l'incongruité de ma démarche, mais je voulais te faire part d'une décision que je viens juste de prendre et te demander un renseignement. Avant de poursuivre, j'ai toutefois une exigence. Je souhaite que notre échange reste secret… Sauf pour ton mari. Je le connais, c'est quelqu'un de discret et pas complètement engagé dans cette affaire.

Béatrice fronce les sourcils présentant une moue dubitative tandis que Marc poursuit :

- Est-ce que je peux avoir ta parole d'honneur que...
- Je te le promets.
- Merci. Merci vraiment. J'ai comme toi lu les deux articles de Ramin. Je veux tout d'abord affirmer que je n'étais au courant de rien concernant cette odieuse tractation de mon père il y a vingt ans. Je la désapprouve catégoriquement. Lorsque mon frère a quitté... Myriam, elle lui a dit qu'elle attendait un enfant, mais mon père...

Il lui raconte tout ce qu'il sait sur cette histoire qui vient de défrayer la chronique. Elle écoute avec une grande attention le récit. Elle n'a aucun doute sur l'honnêteté intellectuelle de Marc. Le ton de sa voix n'est pas celui d'un homme qui ment.

- Voilà, je t'ai tout dit. Si je viens te voir, c'est pour te faire une demande qui peut paraitre particulière. J'aimerais rencontrer la mère de Myriam. Ma démarche est motivée par deux raisons essentielles : La première, lui raconter ce que je viens de te dire et la persuader que ce n'était pas une sale manœuvre de l'ensemble du clan Cherron. La seconde, je voudrais aussi rencontrer Myriam pour...

Béatrice pose une main sur l'un des bras de son visiteur :
- Je te remercie pour ta démarche. Je veux aussi t'affirmer que je te crois. Pour madame Balmin, je vais t'aider. Je vais téléphoner devant toi pour que vous fixiez un rendez-vous, mais pour Myriam, cela ne me parait pas possible.

Tout le visage de Marc exprime son désappointement.
- Pourquoi ?
- Parce qu'en ce moment, elle est franchement dans le creux de la vague. Elle est dans un autre monde. Un monde inaccessible pour des gens comme nous. Elle te regarde sans te voir, te donnant l'impression d'être transparent. C'est très pénible à vivre.
- Et si malgré tout j'essayais... avec l'accord de sa mère et du psychiatre qui s'en occupe, évidemment.
- Pourquoi y tiens-tu autant ?

- Pour être franc, je n'en sais rien, rien du tout... Je ressens ça comme un besoin. Pour l'instant je suis incapable de te l'expliquer. Ça a surgi en moi, soudain et fort. Je ne m'attends pas à un miracle, rassure-toi... Je garde les pieds sur terre mais il me semble que lui dire la vérité c'est la moindre des choses. Elle entendra ce qu'elle pourra. Mon frère est dans l'incapacité totale de la rencontrer... Moi non. La famille lui doit cela. En tout cas, Rémy et moi.

- Ton frère est au courant ?

- Non ! Je lui dirai le moment venu. Pour l'instant il est perturbé. Il a besoin d'un peu de temps. Son épouse l'aide beaucoup. Elle est formidable. Ce midi, à table, elle a même proposé que Laurence vienne passer des moments avec son père, en présence du reste de la famille. C'est quand même ta fille a-t-elle ajouté. Il faudra sûrement laisser un peu de temps avant mais elle l'envisage sérieusement, si Laurence est d'accord, bien entendu.

Béatrice sourit. C'est un sourire discret, un sourire tristounet, un sourire d'étonnement et de contentement réunis.

- Tu... Tu as bien fait de venir me voir. Nous avions des doutes sur l'utilité de notre action. Ce soir je suis heureuse. Ta venue chez moi et la teneur de ton discours prouvent que nous avons réussi, bien au-delà de nos espérances. Que Laurence retrouve son père, ne va plus être seulement un rêve pour elle. D'après ce que tu viens de me dire, c'est devenu un espoir... sérieux... presque une certitude. Que Rémy ne soit pas l'odieux bonhomme que nous avons cru qu'il était est une deuxième satisfaction. La gamine va pouvoir regarder son père en face.

- Je ne dis pas pour autant que ce sera facile, mais nous sommes décidés à tout faire pour que les choses se normalisent.

- Et ton père ?

Mon père...

Marc hésite. Il ne sait pas trop ce qu'il peut révéler. Certes Béatrice a promis de ne jamais faire état de cette discussion, mais il ne veut pas accabler son géniteur ni dévoiler des pistes incertaines :

- Mon père… Pour lui, nul n'est au-dessus de son entreprise. Pour ne pas lui nuire il est prêt à toutes les manœuvres, y compris les plus exécrables. Dans cette affaire je crois qu'il a pigé qu'il est allé trop loin. Il s'est fait pincer. C'est à lui, et à lui seul d'en tirer les conclusions.

- Nous avions la haine contre vous, les Cherron. Je suis ravie de savoir que vous n'êtes pas aussi noirs que nous le prétendions, enfin Rémy et toi. Le jour où nous dirons tout cela à Laurence sera celui de la délivrance. Il serait bien que ce ne soit pas trop lointain.

- J'espère, comme toi, que cela ne tardera pas. Il reste quelques problèmes à régler. Dès qu'ils le seront, je te le ferai savoir.

Béatrice se lève, empoigne son portable posé sur la table, tapote sur les chiffres et actionne le haut-parleur. On entend le bruit familier qui prouve que l'appel est en cours et qu'il nous reste à espérer que la personne que nous voulons joindre est disponible. Au bout de quelques secondes, une voix lasse se fait entendre :

- Allo, oui ?
- Madame Balmin ?
- Oui, c'est moi.
- C'est Béatrice Malinge à l'appareil. Bonsoir madame.
- Bonsoir Béatrice.
- Je vous appelle parce que… Je suis à côté de Marc Cherron… Nous venons de discuter tous les deux. Il vient de me fournir des informations très importantes qui peuvent changer le destin de Laurence et le vôtre du même coup et qui sait, peut-être aussi celui de Myriam. Il désire vous rencontrer et je crois qu'il serait bon que vous le receviez. Je le pense vraiment. Il est à votre entière disposition. Je crois que cette rencontre

nous serait à tous profitable. Vous savez combien je suis à vos côtés… Pourrions-nous fixer, là, maintenant, un rendez-vous entre vous et lui, le plus tôt possible ?

- Tu crois vraiment que…
- Je le crois, oui. Du fond du cœur, je le crois. Vous savez combien je vous suis dévouée, combien je suis partie prenante dans l'action que nous avons menée. Je ne vous aurais pas appelée si j'avais le moindre doute sur l'importance de cette entrevue et la bonne foi de Marc.
- Je te fais confiance, Béatrice… Tu sais, moi je suis libre.
- Demain ?
- Oui, c'est possible.
- A quelle heure ?
- Comme il lui plaira. Je ne bouge pas de chez moi.

Béatrice interroge Marc du regard. Il chuchote : dix heures.

- A dix heures demain matin.
- Oui, c'est d'accord. Je te fais confiance, Béatrice.
- Vous pouvez madame Balmin. Je suis sûre que vous ne le regretterez pas. Au revoir et merci.
- C'est moi qui te remercie Béatrice, pour tout ce que tu fais. Au revoir.
- Au revoir.

Béatrice repose son portable sur la table.

- A toi de jouer Marc. Cette femme est formidable. Tu viens de semer en moi un formidable espoir. Ne déçois pas.
- J'ai compris le message. Il ne te reste plus qu'à me donner son adresse pour que je puisse m'y rendre. Merci à toi de me faire confiance.

Dans sa maison du bord de mer, madame Balmin ne sait quoi penser de cet entretien téléphonique. Elle a confiance en Béatrice, mais elle a connu tant de désillusions. Assise dans son fauteuil son regard se perd dans l'immensité de l'océan. Est-ce le début d'une période un peu moins négative ? Elle veut tellement le croire. Elle a connu tant de déceptions. Comment va-t-elle réagir demain face à ce membre d'une famille qui l'a tant fait souffrir ?

Louise Balmin est intimidée. C'est une femme simple dont le visage reflète la bonté et le bon sens. Ce matin elle est nerveuse devant quelqu'un qui est maire et vice-président du Conseil Régional sans oublier qu'il est également le fils de l'un des plus riches patrons du département. Marc n'affiche aucun signe de suffisance et encore moins de supériorité.

- Merci beaucoup madame de me recevoir.

L'intérieur de la maison est modeste. Précédé de la vielle dame, il pénètre dans la pièce aux poutres apparentes, avec une cheminée ou quelques buches rougeoient. Cela sent bon le thym et la lavande. C'est visiblement un endroit qui a vieilli avec sa propriétaire, qui le garde tel qu'il était il y a sûrement pas mal d'années. Elle désigne d'un geste de la main un fauteuil au cuir un peu élimé :

- Asseyez-vous, je vous en prie.

La voix est douce, presque chuchotée. Le regard est accueillant tout en reflétant une once d'inquiétude. Marc comprend qu'il doit expliquer sa présence sans tarder :

- Vous savez pourquoi je suis ici. Béatrice vous l'a expliqué hier soir.

- Oui, et je vous remercie de vous être déplacé jusqu'à moi.

- En la circonstance, c'est une démarche tout à fait normale. Je sais, et c'est logique, que vous ne portez pas mon nom dans votre cœur. Je suis là pour vous dire toute la vérité. Une vérité que pour ma part je ne connais réellement que depuis seulement lundi. Je vous supplie de me croire.

- Je suis une vieille dame, monsieur. L'avantage de l'âge me permet de distinguer des propos mensongers de ceux qui sont sincères. De plus, Béatrice qui vous connait m'a assurée que je pouvais vous faire entièrement confiance. Je pars donc de ce postulat.

- Je comprendrais que vous ressentiez de la haine envers notre famille mais je peux vous affirmer que…

- Je vous arrête jeune homme. J'ai toujours refusé le sentiment de haine. Il abaisse celui qui l'adopte et le rend souvent aussi coupable, aussi inhumain que ceux qui l'ont offensé. Cela n'empêche pas la souffrance et la peine.

Marc est subjugué par cette femme à l'apparence simple, au discours profond démontrant une grandeur d'âme peu commune :

- Si tout le monde pouvait vous ressembler, notre planète tournerait autrement mieux. Je ne viens pas pour obtenir l'absolution, je viens vous livrer des informations telles que je les ai connues avant-hier. J'agis ainsi parce qu'il me semble que c'est mon devoir et que vous avez droit à la vérité ainsi qu'aux portes qu'elle ouvre pour notre avenir à tous.

- Je vous écoute.

- Lundi, suite aux articles de Ramin, notre journaliste local, nous nous sommes réunis mon père, mon frère et moi…

Marc livre la même version que celle exposée la veille à Béatrice. Il parle clairement, laisse à la vieille dame le temps d'assimiler chacune de ses paroles. Elle est très attentive, sans expressions faciales qui puissent trahir ce qu'elle ressent. Le visiteur est complètement ébahi par ce comportement d'une dignité exemplaire qui l'autorise à se confier sans peur, et sans honte, relatant les faits avec une objectivité remarquable. Il ressent un immense respect pour cette femme qui a connu tant de malheurs. Il conclut son récit :

- Voilà, j'ai terminé. Vous pouvez me poser toutes les questions que vous voulez. Je vous répondrai avec la même franchise. J'aurais tellement souhaité que les choses se passent autrement.

Les yeux mi-clos, Louise Balmin laisse passer quelques secondes, comme si elle avait besoin d'un moment pour assimiler tout ce qui vient de lui être raconté. Les paroles de Marc ont fait l'effet d'un baume réparateur. Dommage qu'elles arrivent si tard. Fidèle à sa façon d'être, elle se console en se répétant l'adage : Mieux vaut tard que jamais. Son visage, s'éclaire. Une légère plissure nait aux commissures de ses lèvres :

- Je vous suis très reconnaissante d'être venu me raconter tout cela. Vous êtes un homme courageux et honnête. Béatrice a eu raison de me dire que vous méritiez la confiance. Vous confirmez ce que je pense : la plupart des hommes ne sont pas foncièrement méchants. Votre père, par exemple, a sans doute voulu consolider son entreprise. Il s'est trompé sur la manière sans se soucier des conséquences graves que cela pouvait entrainer. Votre franchise vous honore. Je me sens aujourd'hui un peu moins malheureuse. Je suis même ravie pour ma petite fille qui va peut-être connaitre enfin et de temps en temps la joie d'un milieu familial harmonieux.

- Pour être franc, je craignais un peu cette visite. Je ne savais pas comment vous alliez réagir. Je veux ajouter que je vais démissionner de mes fonctions de maire et vice-président du Conseil Régional.

- Pourquoi faites-vous cela ? Y'a-t-il un rapport avec ce que nous venons de discuter ?

- Un peu, mais pas complètement. La politique a fini par me lasser. Nous sommes dans une période difficile, trop... extrémiste à mon goût. On privilégie exagérément les avantages du moment. Les luttes pour le pouvoir et l'argent ont pris le pas sur le dévouement, le service à la Patrie. Pour atteindre ces objectifs tous les coups sont permis. La recherche du compromis est bannie. Pour s'emparer du pouvoir, tout est bon, y compris la trahison et les propos outranciers. Certes il y a encore quelques personnes respectueuses des valeurs de la République, mais elles vont finir par disparaitre, évincées par des individus uniquement préoccupés par leur statut... individuel. Tous les moyens sont bons : mensonges, attaques odieuses pour salir un concurrent, falsification des chiffres. L'exemple le plus flagrant est l'estimation du nombre de participants à une manifestation. Vingt mille selon la police, cent mille, parfois plus, pour les organisateurs ! Qui ment délibérément ? Bref, je ne vais pas vous ennuyer avec ça. Me libérant de mes charges politiques, je peux dorénavant participer activement à la marche de l'entreprise familiale.

- Ce n'est pas joli, joli en effet et ce doit être déprimant pour un homme honnête.

- ça l'est. Laissons là la politique. Je suis aussi venu pour vous demander une faveur.

La vieille dame fronce les sourcils :

- Une faveur ?

- Oui, accepteriez-vous que je rende visite à Myriam ?

Le visage de madame Balmin prend tout d'un coup un air sévère.

- Puis-je savoir dans quel but ?

- J'aimerais lui expliquer comment nous en sommes arrivés là. Lui dire toute la vérité comme je l'ai fait avec vous.

Redevenant plus conciliante, elle prévient :

- En ce moment elle ne vous écoutera pas, enfin, je veux dire elle est dans l'incapacité de vous entendre, de comprendre, peut-être même de vous voir.

- C'est ce que m'a expliqué Béatrice, mais je veux quand même tenter le coup. C'est mon devoir de lui expliquer ce que je viens de vous révéler. On ne sait jamais. Nous ne devons rien négliger pour la sortir de cette mauvaise passe dans laquelle elle se trouve. Bien évidemment nous devons avoir l'aval du psychiatre qui s'occupe d'elle. On ne doit pas se résigner à la laisser dans cet état second. Je la connais peu, c'est vrai. Nous nous sommes rencontrés qu'une seule journée, Il y a longtemps, mais je me sens un peu... comment dire... coupable. Cela ne s'explique pas. Si vous y êtes opposée je ne ferai rien contre votre gré, mais j'ai la conviction qu'il y a quelque chose à tenter. Ma famille lui doit cela... Grandement.

Les yeux de Louise s'embuent, son menton tremble un peu. Elle porte sa main droite devant ses lèvres pour cacher son émoi. Elle arrive toutefois à marmonner :

- Vous croyez vraiment que...

- Je n'en sais rien, mais quand bien même il n'y a qu'une chance sur des milliers, nous n'avons pas le droit de passer à côté.

Le silence envahit la pièce. Louise Balmin mordille ses ongles, regarde son visiteur. Jamais elle n'a envisagé pareille possibilité. Voilà vingt ans qu'elle vit un calvaire fracassant tout espoir d'amélioration durable. Cet homme, devant elle, attend, sans montrer le moindre signe d'agacement mais une réelle détermination, une réponse. Il vient de semer une graine d'espoir. Sans promesse. Sans forfanterie. Et s'il avait raison d'essayer, de tenter l'impossible. Elle met fin à ce silence interrogateur :

- ça risque d'être long, monsieur, de vous prendre un temps fou et vous êtes sûrement très pris par ailleurs...

- Non ! Ce sera ma priorité.

- Vous avez une famille, sans doute une femme et des enfants dont vous devez vous occuper.

- Non. Je suis célibataire. Mon choix de carrière politique ne pouvait se réaliser qu'à cette condition. Je ne voulais pas faire vivre à ma famille les absences d'un père que j'ai connues moi-même.

- Si vous n'avez plus d'activités professionnelles, comment vivrez-vous ? Financièrement.

- Comme je vous l'ai dit, j'aimerais participer, avec ma belle-sœur et mon frère à la marche de l'entreprise familiale, une sorte de triumvirat prêt à en prendre les rênes.

- Mais votre père ?

- Vous savez, il va avoir soixante-quatorze ans. Cette dernière histoire dont, il faut bien le reconnaitre, il est le seul responsable l'a marquée. Il aspire au repos.

- Je peux comprendre ça. J'ai moi-même bientôt soixante-quinze ans au début de l'année prochaine. Mon mari et moi, nous n'arrivions pas à avoir d'enfants. Par miracle Myriam est née dans ma trente-deuxième année. Malgré notre désir d'en avoir d'autres, la nature nous a refusé ce bonheur. Vous savez, elle a été une jeune fille charmante, vive, gaie, douée pour le dessin, pleine de ressources. Elle a été notre joie de vivre… Avec votre frère, elle semblait épanouie. Son tort est de ne pas l'avoir prévenu qu'elle était enceinte au moment où elle l'a constaté elle-même. Pour quelle raison ? Je n'en sais rien. Ce n'est qu'au moment de l'annonce de la rupture qu'elle a avoué sa situation. Il y a vu certainement un chantage. Et puis… après ce que vous m'avez dit…

- Le passé ne peut être revécu. Il nous faut aujourd'hui tenter l'impossible pour qu'elle retrouve sa joie de vivre d'autrefois. Je veux croire à cette hypothèse, quand bien même certains peuvent la penser complètement inimaginable.

- Dieu vous entende.

- L'urgence, c'est de joindre son psychiatre. Je veux le rencontrer, avec vous si vous le désirez.

- Quand êtes-vous disponible ?

- Cet après-midi serait parfait.

Sans en entendre plus, la vieille dame prend son téléphone portable et pianote un numéro qu'elle connait par cœur.

- Allo ! Bonjour, Je suis madame Balmin, je voudrais joindre le docteur Chambert, s'il vous plait. C'est urgent.

Quelques secondes plus tard, après avoir expliqué sommairement au spécialiste qu'elle désirait le rencontrer avec monsieur Marc Cherron au sujet de sa fille, elle referme son téléphone. S'adressant à Marc, elle annonce fièrement qu'elle a obtenu un rendez-vous, ce jour, à quinze heures trente.

- Formidable ! Je vous invite dans le restaurant de votre choix.

- Que nenni ! C'est moi qui vous invite ici, chez moi, à déguster ce que j'ai préparé. Sans me vanter, j'ai la réputation d'être une bonne cuisinière.

- Avec de tels arguments, je ne peux qu'accepter, mais laissez-moi au moins vous aider à dresser la table.

L'antre du docteur Chambert relève d'une réelle austérité. Un bureau en bois avec tiroirs et caissons, un fauteuil dont vraisemblablement nul ne se souvient de la date de son achat, trois chaises marrons en plastique pour les patients et une armoire qui ne dépare pas dans le décor. Il invite ses visiteurs à s'asseoir avant de les imiter.

Madame Balmin prend la parole en premier :

- Bonjour, docteur. Je suis venue avec monsieur...

- Marc Cherron. Je vous connais un peu, monsieur. Nous nous sommes croisés quelquefois dans des couloirs ou dans des salles de congrès. Vous êtes souvent présent lors des discours d'introduction et parfois de conclusion de certaines de nos rencontres régionales.

- Vraisemblablement. Je vous connais également de nom, mais je ne me souviens pas, et je vous prie de m'en excuser, vous avoir entretenu individuellement.

- Exact. Donc si je vous ai bien compris madame, monsieur Cherron aimerait rencontrer Myriam.

Marc prend la parole estimant qu'il est important d'entrer très rapidement dans le vif du sujet.

- Avant d'aller plus loin, docteur, j'aimerais vous exposer mon cheminement car mon souhait de rencontrer Myriam ne relève pas du hasard et encore moins d'un désir malsain. Je vais aborder chronologiquement les raisons de ma décision.

Il répète pour la troisième fois en deux jours le récit en commençant par la journée de juillet deux mille. Il fait état de la rupture de la relation entre Myriam et son frère ainsi que du discours de son père concernant ce qu'il considérait alors comme un geste d'aide financière à la jeune femme éplorée. Il poursuit, toujours sur le même ton, en évoquant la rencontre du lundi précédent avec sa famille, puis la visite à madame Balmin et enfin son désir qu'il croit légitime de rencontrer Myriam apparemment en grande détresse. Il ne fait pas état de son souhait de quitter la politique. Sa position actuelle peut représenter un avantage qu'il ne néglige pas. De temps à autres Louise opine du chef pour confirmer les dires du fils ainé des Cherron. Le psychiatre semble porter une très grande attention à ce qui pourrait s'apparenter à une saga familiale.

Le spécialiste décroise ses mains, qu'il avait pendant toute la narration, tenues jointes. Il les écarte à l'égal d'un prêtre qui invite ses paroissiens à la prière tous les dimanches matin en prononçant la version latine de l'invite : Orémus !

- C'est une démarche noble qui vous honore, mais que je crois hélas… vouée à l'échec.

- C'est votre avis. Je ne le partage pas le moins du monde.

- Vous savez, je connais mademoiselle Balmin depuis près de vingt ans, je…

- Médicalement.

- Evidemment, il ne vous a pas échappé que je suis psychiatre.

- Et que vous agissez en psychiatre. Moi, je propose de la rencontrer en tant qu'être humain. Là est toute la différence. Je ne nie pas que vous connaissez votre métier, certainement pas. Je ne me le permettrais pas. Je pense simplement qu'une autre approche peut lui être profitable.

Le spécialiste sourit mais c'est un sourire presque offensant tant il transpire de supériorité.

- Je laisse la politique à ceux dont c'est le métier. Ils savent mieux que moi ce qu'il est bon de faire dans ce domaine. Il me semble que vous devriez suivre la même voie concernant la psychiatrie. C'est une science complexe vous savez. Les comportements humains et surtout les dérèglements du cerveau exigent une connaissance pointue de son fonctionnement. Vous risquez fort de faire plus de mal que de bien. Croyez-moi. Je vous parle d'expérience.

- Lorsque toutes les actions entreprises pour guérir ce genre de maladie échouent ne peut-on pas imaginer d'autres approches ? Je ne remets nullement en cause votre savoir, votre dévouement à la cause des malades mais le fait est que pour l'instant, concernant Myriam, c'est difficile. Ses proches ne peuvent qu'observer qu'il n'y a aucun progrès. Ils constatent même une régression qui a été lente puis s'est dégradée de façon exponentielle pour devenir dramatique. Pourquoi ne pourrions-nous pas ensemble trouver un mode opératoire qui se compléterait ? Je le répète, je ne remets pas en cause votre valeur professionnelle, certainement pas. Je vous propose un pacte. Rien d'autres. Une approche complémentaire. Vous me parliez des politiciens, je vous assure que nous sommes constamment remis en cause. Je ne m'en plains pas. Bien au contraire. Nul ne possède la science infuse. Quelquefois la naïveté peut engendrer des théories et des pratiques qui ne sont pas à écarter tant elles sont marquées au coin du bon sens. Il est évident que vous serez au courant de ma façon d'agir. J'ai toujours eu du mal à comprendre toutes les formes d'ostracisme sauf, il est vrai, au début de ma carrière. Nous n'en sommes plus là, ni l'un ni l'autre.

    Le psychiatre pose ses deux mains l'une sur l'autre et les plaque sur ses lèvres, sans doute pour se laisser le temps de la réflexion, à moins que ce soit pour ne pas répliquer trop vite à son interlocuteur. Après quelques secondes d'intense réflexion, il se lance :

    - Vous avez, il me semble, une vue erronée du rôle des psychiatres. Nous ne décidons pas seulement du traitement à suivre, nous parlons également avec la personne malade. Nous la laissons s'exprimer et souvent même l'amenons à se confier à nous. Et puis, nous travaillons en équipe.

    - Je n'en doute pas. Je ne souhaite pas qu'elle se confie à moi. Elle le fera que si elle en ressent le besoin et uniquement si elle le décide elle-même. Je veux simplement lui rappeler les instants que nous avons connus ensemble, lui expliquer la chronologie des événements, la réalité. Je veux aborder avec elle les erreurs que nous avons pu commettre, nous les membres de la famille Cherron, dont certaines lui ont fait du mal. Je veux qu'elle sache qu'il y a eu des malentendus, des maladresses que nous regrettons. Je veux parler d'espoir, de futur, de rédemption possible.

Cette fois, c'est madame Balmin qui se fait entendre. Elle parle d'une voix posée qui, sans être suppliante, n'en est pas moins quémandeuse :

- Excusez-moi, docteur, mais je ne comprends pas pourquoi vous hésitez à accepter la collaboration que vous propose monsieur Cherron. Je suis certaine que Myriam sera sensible à sa voix, à ses paroles… Vraiment.

Le docteur Chambert hésite une nouvelle fois. Il n'a peut-être pas intérêt à contrer un homme jouissant d'une réelle aura politique. Il est vrai que Myriam est plutôt dans une phase de régression importante et qu'il ne voit pas se dessiner de réels progrès la concernant. Que risque-t-il à accepter le pacte qui lui est proposé ? Il prend l'attitude de l'homme qui réfléchit pour enfin se décider :

- Bon ! J'accepte votre proposition mais à une condition : vous me tenez au courant de l'évolution éventuelle, de vos interventions, des réactions possibles de mademoiselle Balmin, enfin de tout ce qui se passera.

- Je vous l'ai dit. Je le redis. Je veux vous associer bien évidemment. Vous êtes et resterez le professionnel tandis que moi je ne peux prétendre qu'à une démarche empirique, basée sur mon court vécu avec Myriam. Une autre démarche en définitive qui peut venir en complément de la vôtre.

- Alors c'est entendu. Quand comptez-vous la rencontrer ? Comment allez-vous l'aborder ?

- Je lui dirai qui je suis. Je lui confierai mes premières impressions lorsque je l'ai vue pour la première fois tracer son œuvre éphémère sur notre plage. Je lui parlerai des émotions qu'elle a suscitées dans le public et les échos que j'ai perçus parmi les spectateurs… Je vous propose de venir la rencontrer…. Vendredi… A l'heure qui vous paraîtra la plus propice.

Le docteur Chambert ouvre un tiroir de son bureau. Il en sort un agenda qu'il feuillette :

- Disons vendredi à onze heures. Mais ce premier entretien ne pourra pas dépasser une quinzaine de minutes. Ce sera déjà beaucoup, vous verrez.

- Je note : Vendredi onze heures. Si j'ai bien compris, nous nous retrouverons ensuite à onze heures quinze dans votre bureau.

- Exactement.

Louise Balmin est folle de joie. Marc a réussi. Elle éprouve l'envie de lui déposer un bécot sur la joue. Sa pudeur légendaire l'en empêche. Les deux hommes se sont déjà levés. Ils se serrent les mains sans chaleur excessive mais sans retenue non plus.

Dans la voiture qui la ramène chez elle, Marc lui avoue sa satisfaction d'avoir mené à bien cet entretien. Il répète qu'il ne peut ni ne veut rien promettre quant au résultat de son action. Il assure qu'il va y mettre tout son cœur. Louise, cette fois, se penche vers lui et imprime sa joue du baiser qu'elle n'a pas osé lui donner dans le bureau du psychiatre.

- Merci monsieur.

- Je préférerais que vous m'appeliez Marc.

- Je ne sais pas si je vais y arriver.

- Il suffit d'essayer. Vous verrez ce n'est pas si compliqué.

- En tout cas, vous êtes quelqu'un de formidable. Je sais qu'il ne faut pas attendre de miracle mais ce que vous voulez tenter est exceptionnel.

- Non. Je vous le dois, tout simplement.

- Moi, ça me redonne le courage de ne pas désespérer.

- Rien que pour cela, je vais y mettre le paquet.

Arrivé devant le domicile de Louise Balmin Marc descend de son véhicule, se précipite pour ouvrir la portière de sa passagère et lui tend la main pour l'aider à en sortir.

- Il me semble que le ciel m'a entendu lorsque je lui ai demandé de m'aider dans cette épreuve.

- Je n'ai pas la prétention d'être l'envoyé de Dieu. Loin de là. Je passerai vous voir vendredi matin après ma visite pour vous dire comment ça s'est passé.

- Vous m'avez rendue plus forte… Merci encore pour tout ça… Au revoir… Marc.

Il lui serre la main et la regarde rejoindre lentement son domicile. Avant d'ouvrir sa porte elle lui fait un petit signe de la main et offre un sourire qui vaut toutes les récompenses.

Après qu'elle ait disparu, il reste quelques secondes dans la voiture. Soudain, saisi d'un doute, il se demande s'il est à la hauteur de ce qu'il vient d'initier. Il chasse d'un geste de la main son interrogation. Il n'a plus le choix. Et qui sait ? Il n'y a que ceux qui osent qui ont une chance de réussir. Il tourne la clé de contact. Le puissant moteur s'impatiente. Il passe la marche avant.

Il n'a pas parcouru plus de vingt kilomètres que son téléphone portable l'alerte d'un message.

- Oui.
- Marc ? C'est Rémy !
- Je t'écoute.
- Papa a envoyé les convocations aux membres du conseil d'administration. Il nous convoque samedi prochain à quatorze heures.
- Pour ma part, je n'ai rien reçu, ni par téléphone, ni par mail.
- C'est pas vrai !
- Eh si ! Je vais lui téléphoner. M'autorises-tu à lui dire que c'est toi qui m'as prévenu ?
- Aucun problème. J'y crois pas. Comment a-t-il pu te faire ça ?
- Je le joins tout de suite et je passe chez toi pour te tenir au courant. Ah ! Il faut que je te dise, je viens de rencontrer le psychiatre qui suit Myriam, je te raconterai.

- D'accord à tout à l'heure.

Marc est furieux. Il pianote nerveusement sur le cadran fixé sur le tableau de bord. Une voix grave se fait entendre.

- Papa ? C'est Marc.
- Oui, bonjour.
- Je viens d'apprendre que tu convoques le conseil d'administration pour samedi.
- Oui et alors ?
- Il me semble ne rien avoir reçu de ta part concernant...
- C'est vrai. Ne m'as-tu pas dit que tu voulais récupérer tes parts ?
- En effet, mais je l'ai évoqué oralement.
- Tu ne désirais donc plus faire partie du conseil. J'en ai pris note.
- Papa, un homme de ton acabit ne peut ignorer que cette demande pour qu'elle soit suivie d'effets doit être obligatoirement effectuée par écrit, en recommandé avec accusé de réception et certainement pas à la suite d'une discussion informelle.
- C'est vrai, mais tu m'as semblé tellement désireux de...
- Erreur cher père, grave erreur. Je peux faire annuler la réunion et je ne vais pas m'en priver. Je me fais fort d'expliquer aux actionnaires les raisons de ce manquement de ta part.
- Qui t'a informé de cette réunion ?
- Me crois-tu capable de te donner le nom ?
- Ne joue pas avec moi Marc. Tu n'es pas de taille.
- Je n'ai nulle intention de jouer. Contrairement à ce que tu crois je veux que l'entreprise que tu as créée poursuive sa route. J'ai donc décidé de m'intéresser à son avenir. Nous avons d'ailleurs à ce sujet envisagé Stella, Rémy et moi de te rencontrer pour voir ensemble comment se sortir du piège que nous a tendu Ramin.
- Nous verrons cela samedi en CA.
- Est-ce que ça veut dire que tu refuses de nous recevoir avant ?

- Je n'en vois pas l'intérêt.
- Nous si !
- N'êtes-vous pas en train de vouloir m'enterrer ? Vous ma famille ! Bravo !
- Il n'est pas question de ça. Nous avons des propositions qu'il est préférable de discuter entre nous avant de les faire connaitre samedi en CA.

Le vieil homme sent une menace se glisser subrepticement dans son esprit. C'est un être de pouvoir. Il connait les fragilités et les forces qui s'y rattachent. Il sait également compter. Ses deux fils, sa belle-fille et le père de celle-ci possèdent près de cinquante pour cent des parts. Il a été trop négligent. Il n'a jamais pensé que ses propres fils pouvaient vouloir le destituer. Aujourd'hui il en est presque sûr. Toutes ces réflexions lui traversent l'esprit à la vitesse de l'éclair. Adepte du slogan action réaction, il change son discours :

- D'accord, demain soir jeudi à la maison... à dix-huit heures.

Il est malin. Rencontrer ses fils dans la maison familiale est bien plus neutre que dans l'entreprise. Marc n'est pas dupe mais cela ne le gêne pas :

- D'accord ! Tu préviens Rémy et Stella ?

Voulant rester le maitre du jeu le père accepte. C'est lui qui convoque, c'est lui qui mènera la réunion, en famille, chez lui.

- Alors à demain soir.
- A demain.

Dans la maison basse à l'orée des pins, le moral est au beau fixe. Madame Balmin vient de téléphoner pour informer Béatrice de la visite de Marc Cherron. Jamais, depuis leur toute première rencontre, elle n'a affiché un moral aussi positif. La vieille dame ne tarit pas d'éloges envers celui qu'elle qualifie de jeune homme.

Il fallait l'entendre confondre le psychiatre.

Il n'a rien lâché !

Il a fini par lui faire admettre raison.

Il m'a redonné l'espoir sans me promettre quoi que ce soit.

Contrairement à ce que l'on m'avait dit, c'est un homme bien.

C'est son père qui...

Ces informations téléphoniques sont comme la cerise sur un gâteau. Les trois complices se congratulent sans effusions excessives. Décidément leur plan a réussi bien au-delà de ce qu'elles avaient pu imaginer. Alexandre, devenu invité permanent pour son action positive, est tout aussi réjoui. Seul Germain fait preuve d'une joie mesurée. Certes, c'est un bon résultat obtenu par la gent féminine, mais tout n'est pas réglé pour autant. La santé psychique de Myriam ne prête pas à une euphorie générale. Elle n'est pas comme on dit vulgairement sortie de l'auberge. Marc Cherron n'a pas de baguette magique. Toutefois il ne veut pas gâcher l'optimisme régnant et garde pour lui le sentiment que les heures sombres ne vont pas disparaitre comme par enchantement. Il reconnait tout de même que Marc a bien joué. Il se demande également comment le clan Cherron va réagir. Le patriarche n'est pas homme à accepter un tel camouflet. Jamais il ne reconnaitra ses torts quoique là… les faits l'accusent gravement. C'est un rusé et malgré le peu d'estime qu'il lui porte, il admet qu'il a un sacré culot et qu'il est toujours sorti indemne des pièges semés sur sa route. Il pense que l'affaire, comme tout le monde l'appelle dans le village, devient encore plus passionnante.

Le reste de la commune ne possède pas les derniers éléments de l'affaire. Tout le monde est un peu déçu. Nombreux sont ceux qui prévoyaient une réplique rapide du clan coupable. Et puis rien... Pour l'instant.

Les avis sont partagés :
- Ils sont emmerdés.
- Ils doivent sûrement consulter un avocat et pas n'importe lequel. Quand on a les moyens on choisit les meilleurs.
- Ils vont s'en sortir. Les gros s'en sortent toujours !
- Oui mais là !
...

Les opinions sont multiples et provoquent quelque fois des débats pas toujours amicaux. Seul, mais nous le savons déjà, Marcel Fourmot se fout complètement de cette agitation. Tout ce remue-ménage finit par l'amuser. Les gens ont besoin de pimenter leur vie avec des affaires pareilles. Si cela les amuse. Si ça leur permet de penser qu'eux, au moins, ils sont des gens honorables, sans casseroles aux fesses.

Martine ne sait plus quoi penser. En s'intéressant aux dessins sur le sable, elle n'imaginait pas un tel chambard. Peut-être aurait-elle dû se taire. Quoique ! De toute façon elle ne peut rien faire pour arrêter le tapage. Qu'elle se morigène ou non ne changera pas le cours des événements.

Ramin est déçu. Et si le clan Cherron décidait de laisser passer le temps qui finit par tout faire oublier. En ce moment la guerre en Ukraine inquiète sûrement plus qu'une sordide affaire vieille de vingt ans. Les articles dont il est fier ne sont-ils qu'un coup d'épée dans l'eau ?

Pierre Otton a convoqué ses trois collègues du conseil municipal. Il leur faut définir une stratégie pour... pour discuter de l'affaire.

Stella et les deux frères Cherron se retrouvent dans le grand salon donnant sur la mer. Le soleil se couche épousant lentement l'océan tout en se cachant de temps à autres derrière quelques nuages complices de leur accouplement. Stella et Rémy attendent impatiemment les récits de cette journée fertile en événements.

Marc, après avoir bu quelques gorgées de bière, se livre à la narration des faits marquants qu'il vient de vivre. Il fait d'abord état de sa rencontre avec Louise, la mère de Myriam. Il décrit une femme assez surprenante, ignorant le mot haine qui, à sa grande surprise, l'a accueilli avec beaucoup de compréhension. Il explique les raisons de sa visite à cette femme de plus de soixante-dix ans et ses réactions de mère. Il relate l'entretien avec le psychiatre, pas vraiment sur la même longueur d'ondes que lui, un peu imbu de lui-même, persuadé que la démarche du politicien ne peut être née que dans l'esprit d'un ignorant de la psychiatrie. Il pense qu'il a cédé à sa demande uniquement parce qu'il est vice-président de la Région et qu'il n'est pas bon de se mettre à dos un homme aussi influent. Une chose est certaine, le Psy ne croit pas du tout à la réussite de sa démarche tandis que la mère y voit un ultime espoir de retrouver sa fille en meilleure santé mentale. Cela ne veut pas dire qu'elle est persuadée que sa Myriam retrouvera son intégrité psychique précédente. Il fait également état de son coup de fil au patriarche. Rémy l'interrompt pour lui dire qu'il est au courant parce que le père lui a aussitôt téléphoné en lui reprochant d'avoir prévenu son frère de cette réunion. La réplique est immédiate :

- Il est gonflé. J'ai refusé de lui donner le nom de mon… informateur. Décidément, nous ne pouvons plus lui faire confiance. J'espérais qu'il avait un peu changé, que cette histoire lui avait servi de leçon. Bref je lui ai dit que…

Marc relate presque mot pour mot leur conversation un peu musclée tout en étant satisfait qu'il ait cédé en leur fixant un rendez-vous pour le lendemain… dans la maison familiale, ce qui n'est pas banal. Les deux frères se souviennent que leur mère ne veut pas entendre parler de l'entreprise à son domicile, lieu privé s'il en est.

Stella invite son beau-frère à diner. Ils vont en profiter pour peaufiner leurs arguments et se préparer à un affrontement qu'ils savent difficile.

Il est dix-sept heures quarante. Il est l'heure.

Elise Cherron rate rarement son émission télévisée favorite. Elle se dirige vers ce qu'elle appelle la zapette. Questions pour un champion la passionne. Elle apprécie tout : le présentateur respectueux des candidats, les candidats eux-mêmes et les questions auxquelles elle tente de répondre quelquefois avec succès. Au moment où elle va appuyer sur la télécommande elle entend un bruit de voiture roulant à faible allure sur l'allée qui mène à sa maison. Elle se retourne un peu agacée. Qui est ce gêneur qui arrive à un moment inopportun ? Par la large baie vitrée du salon, elle reconnaît l'automobile de son fils cadet. C'est bizarre. Un code familial existe depuis longtemps dans la famille : Avant de se rendre chez l'un ou l'autre, on téléphone pour s'informer si celui-ci peut vous recevoir. Elle ne parvient pas à voir s'il est seul ou accompagné. Rémi a la fâcheuse idée, depuis quelques années, de choisir des voitures aux vitres teintées. L'engin motorisé tourne à sa droite pour se garer sous le préau qui, soi-disant, préserve les carrosseries des embruns marins. Trois portières claquent en même temps. Maintenant elle sait. Elle les voit s'acheminer lentement, des dossiers sous le bras vers la maison. Une angoisse indicible l'envahit. Que viennent faire ici, à brûle-pourpoint, ses deux fils et sa bru ? Elle se précipite vers le hall d'entrée, ouvre la porte avant même que sa descendance ait mis le pied sur le perron :

- Bonjour. Qu'est-ce qui se passe ?

L'étonnement a changé de camp. Les trois visiteurs se demandent pourquoi leur mère pose cette question. C'est Marc qui réagit le premier :

- Papa ne t'a rien dit ?

- Tu sais, en ce moment nous ne sommes pas très bavards, ton père et moi. Lundi soir, après l'article de Ramin, nous avons eu une longue discussion… orageuse tous les deux… Depuis il n'ouvre pas la bouche. Ni bonjour, ni bonsoir. Je lui ai vertement reproché son comportement avec Myriam et plus encore de nous avoir sérieusement menti. C'est inacceptable. Je n'ose même plus sortir dans le village tellement j'ai honte. Heureusement j'ai encore Madeleine.

A l'évocation de ce prénom les deux frères sourient. Ils se souviennent de celle que l'on appelait à l'époque la bonne. Elle avait alors tout juste vingt ans et faisait preuve d'une grande complicité avec eux. Elle leur filait en douce des bonbons quand les parents interdisaient les sucreries. Elle mettait en même temps un doigt sur sa bouche pour signifier que cela devait rester secret, entre autres.

La mère poursuit son discours :

- Elle me rapporte, en plus des achats, ce qui se dit dans le bled et croyez-moi cela ne me donne pas l'envie d'y mettre les pieds… Mais entrez, entrez… Voilà que je vous laisse dehors.

Elle embrasse sa belle-fille, puis ses fils avec tendresse :

- Je vous repose ma question sous une autre forme : qu'est-ce qui vous amène ici ?

Rémy réplique :

- Alors, c'est vrai papa ne t'a pas parlé de notre rencontre avec lui à dix-huit heures.

- Non. C'est à quel sujet ?

Marc prend le relais de son frère :

- L'avenir de l'entreprise après les derniers événements.

- Alors, il a peut-être une excuse. Je lui rabâche depuis des années que je ne veux pas entendre parler de SON entreprise sous notre toit. Vous devez vous rencontrer à dix-huit heures dites-vous ?

Tout le monde acquiesce.

- Alors il ne va pas tarder parce que chez lui, vous le savez, l'exactitude c'est bien pire qu'un respect, c'est un devoir, presque une religion.

Elle vient juste de terminer sa phrase que l'on tend le bruit d'un moteur qui s'approche :

- Qu'est-ce que je vous disais !

Le père passe devant eux sans montrer le moindre sentiment. Il va se garer à la place qui est la sienne depuis plus de quarante-cinq ans avant de réapparaitre, son éternel cartable à la main. Le patriarche se contente de leur intimer silencieusement, un doigt tendu vers la porte de son bureau, l'ordre de le suivre. Avant de refermer ladite porte, il se tourne vers son épouse, restée dans le hall :

- Au fait, j'ai commandé cinq repas au restaurant du port. Lucette doit nous les livrer à dix-neuf heures trente. Si cela te dit de dîner avec nous... Si nous dépassons un peu l'horaire, tu peux les réceptionner ? ... S'il te plait.

Elise répond, laconique :

- Oui, je dois pouvoir.

Une fois dans le bureau du chef d'entreprise, monsieur Cherron père prend la position du patron. Il indique qu'il est préférable de s'installer autour de la table ovale cela permettra de poser les documents plus facilement. Accord général. Une fois tout le monde assis, il ouvre la séance :

- C'est vous qui avez souhaité me rencontrer, je vous écoute.

Les trois comploteurs ont bien fait de préparer cette entrevue. A la surprise du père, c'est Rémy qui entame le débat :

- Voilà. A la suite des événements que nous ne rappellerons pas, nous nous sommes réunis tous les trois pour parler de la situation. Nous avons conclu qu'il nous fallait réagir ensemble, toi et nous. Avant il nous a semblé nécessaire de préciser que nous l'avons fait sans agressivité, sans rancune, simplement de façon objective et pour la survie de l'entreprise. Il est tout aussi important que nous en parlions avant le conseil d'administration de samedi.

Il est impossible de lire sur le visage du père toutes les interrogations qui envahissent son esprit. Il sait être froid comme la glace quand cela est nécessaire. Rémy poursuit :

- Il nous parait indispensable que tu prennes un peu de recul sans quitter pour autant la société que tu as créée il y a de nombreuses années. Tu as su la faire fructifier, lui donner une importance que nous reconnaissons volontiers.

Le père s'agace quelque peu, sans trop en montrer l'importance :

- Viens-en au fait s'il te plaît.

Rémy poursuit le discours qui a été préparé :

- Tous les trois, nous sommes prêts à assumer la responsabilité de la marche de la...

Il allait prononcer le mot « boite ». Il se reprend sachant que le patriarche déteste ce vocable trop vulgaire selon lui, trop restrictif pour qualifier ce qu'il considère comme une œuvre. Il reprend donc :

- de l'entreprise. Comme je l'ai précisé tout à l'heure, nous souhaitons que tu continues, au moins pendant quelques mois, à nous prodiguer tes conseils avant que nous prenions tout à fait notre envol. Nous savons que c'est difficile pour toi de prendre du recul, mais chaque chose a une fin. Tout est éphémère. Le monde évolue papa et...

Le père intervient à nouveau. Ses yeux se plissent. Il adopte un air supérieur. Ses paroles se veulent cinglantes :

- Tandis que moi... Je suis dépassé... C'est ça ?

Rémy est quelque peu tétanisé. Marc prend le relais :

- Nul, n'a dit cela. Rémy a précisé que nous souhaitions ton aide pendant quelques temps.

- Pour mieux faire passer la pilule. C'est ça ?

- Non, Parce que tu es le relais indispensable. Ne m'oblige pas à aller plus loin...

- Oh si, tu dois aller plus loin.

- Très bien. Pendant des années tu nous as persuadé que les êtres humains aussi compétents soient-ils ne sont rien et que seule l'entreprise est prioritaire. Tu ne le perçois peut-être pas, mais ça gronde en ce moment. Ramin a allumé un pétard qui...

- Qui s'éteindra dans quelques jours, comme le reste. Les gens passent à un autre sujet, ce n'est pas ce qui manquent aujourd'hui : L'Ukraine, le projet de loi sur les retraites, la vie chère et je ne cite que les plus importants. On passe d'un sujet à l'autre aussi souvent que je change de chemises. Je parie que dans moins de quinze jours, plus personne ne se souciera du feu qu'a tenté de provoquer ce con de Ramin.

- Détrompe-toi. La vérité c'est que tu ne veux pas nous faire confiance. La vérité, c'est que tu ne nous crois pas capables de mener cette entreprise. Tu te penses au-dessus du commun des mortels. Nous sommes tous, toi y compris, des colosses aux pieds d'argile. Il suffit que l'on sape la base de l'édifice pour qu'il s'écroule. C'est exactement ce que recherche Ramin avec l'accord tacite de beaucoup d'autres qui détiennent enfin un levier pour nous nuire. Si nous ne réagissons pas, il va parvenir à ses fins. Voilà la vérité.

La violence de la diatribe du fils ainé a claqué comme un coup de fouet au-dessus des têtes. Pendant quelques secondes le silence règne dans la pièce. Marc lui-même est surpris de son monologue, tout en se persuadant qu'il lui fallait le prononcer pour avancer.

- Je te demande de m'excuser papa, mais il nous faut voir les choses en face. Je ne regrette aucune de mes paroles si elles permettent que nous puissions travailler ensemble au moins pendant quelques temps.

Monsieur Cherron père a repris un peu d'assurance :
- Très bien ! Exposez-moi votre... plan pour l'avenir.

Chacun des interrogés ouvre la chemise cartonnée placée devant lui. Comme prévu le cadet reprend la parole. Il explique que Stella se chargera particulièrement de tout l'aspect administratif. Marc sera, pour sa part, le responsable des relations publiques, des perspectives d'évolution et du suivi des travaux. Lui, assumera le fonctionnement, l'organisation du travail, le suivi du personnel technique notamment les marins pêcheurs et la vente de la marchandise.

Chacun des participants détaille son rôle en donnant des précisions sur le contenu du projet. Bien évidemment ils s'adapteront aux réalités quotidiennes. Il souligne qu'ils se rencontreront toutes les semaines pour affiner leurs actions. D'ores et déjà ils ont l'intention de progressivement adopter une pêche équitable, d'associer le personnel à la marche de l'entreprise et d'instaurer une prime d'intéressement proportionnelle aux éventuels bénéfices. Rien de tel pour motiver les troupes et rassurer les actionnaires. Il détaille chaque point, se montre précis tout en associant son épouse et son frère sur les sujets spécifiques.

Monsieur Cherron père a retrouvé son aplomb. A aucun moment il n'intervient. Son visage est impassible. S'assurant que le topo est terminé, il prend la parole :

- Vous exposerez tout cela après-demain. Le conseil d'administration jugera. Pour ma part, je ferai savoir mon avis. Je dispose d'assez de temps pour préparer ma propre version de l'avenir. Oublions l'espace de quelques heures nos différents et partageons le repas préparé par Lucette. J'ai cru entendre des crissements de pneus très caractéristiques de sa conduite automobile.

Le reste de la soirée se passe plutôt correctement. Les relations ne sont pas imprégnées de chaleur estivale, mais on parle de tout et de rien, de la navigation des petits enfants avec leurs grand-mère et grand-père maternels, du temps qu'il fait et tous autres sujets qui ne prêtent pas à la polémique. Madeleine est ravie de servir tout son monde, ce n'est pas si souvent. Elle sent bien un peu de retenue dans les comportements et les discours mais rien d'alarmant à ses yeux. Le principal c'est que monsieur et madame ont l'air de s'être réconciliés.

Juste avant le plateau de fromages, le téléphone de Rémi vrombit. Il porte son smartphone à son oreille, dodeline de la tête, chuchote un timide accord tout en regardant son épouse et referme l'appareil avant de l'enfouir dans la poche de sa veste posée sur le dos de sa chaise :

- Veuillez m'excuser, c'est un ami qui veut me voir.

Stella sait que ce n'est pas l'exacte vérité, mais elle approuve l'explication de son mari en lui offrant un sourire plein d'amour.

On se quitte, sans grande effusion mais avec le respect mutuel que chacun se doit et le sentiment que ce moment peut marquer l'avenir de tous.

Marc attend dans la salle vitrée qui fait penser à un bocal. Sur une table basse sont posées quelques parutions médicales sûrement passionnantes pour les spécialistes mais d'un intérêt limité pour le commun des mortels. Il ne peut s'empêcher de ressentir une forme de crainte. Ne s'est-il pas lancé un défi trop audacieux ? Il est persuadé que le médecin psychiatre ne va pas chercher à lui nuire. Il est certain également qu'il ne l'aidera pas non plus. Par un curieux fait du hasard, le spécialiste entre, au moment où justement il pense à lui. Les mains se serrent. Echanges de politesses. Après quoi le psychiatre informe le visiteur :

-Vous allez pouvoir la rencontrer bien que ce ne soit pas le meilleur moment. Ce matin elle est particulièrement absente, enfin je veux dire enfuie dans un monde qui nous est difficilement accessible. C'est hélas de plus en plus fréquent. Mais bon… Je souhaite que vous ne restiez pas trop longtemps dans la chambre, disons un petit quart d'heure… maximum. J'aimerais également que nous puissions ensuite nous rencontrer… quelques minutes pour que vous me donniez votre sentiment.

L'ainé des Cherron approuve d'un hochement de tête.

- Je suis complètement d'accord. Vous le savez. Je vous suis.

Ils pénètrent ensemble dans la chambre. Dans un premier temps Marc ne voit pas Myriam puis il la devine assise dans un fauteuil tourné vers la baie vitrée offrant une vue agréable sur un jardin d'agrément. Le psychiatre présente le visiteur à sa malade :

- Je vous amène quelqu'un qui désire passer un peu de temps avec vous. Vous le connaissez, mais il y a longtemps que vous ne vous êtes pas vus.

Myriam ne réagit absolument pas à l'annonce qui vient de lui être faite. Elle regarde fixement devant elle. Le spécialiste quelque peu découragé sort sans même un signe en direction de Marc. La chambre est spartiate. Pas de meubles rappelant l'univers hospitalier mais pas de luxe non plus. Un lit, un chevet, une table, deux chaises et enfin une armoire, tous en bois plaqué. Très peu de décoration. Un cadre sur le chevet dans lequel sourient de conserve Laurence et sa grand-mère. Une gravure au mur représentant un petit voilier, que Marc suppose être celui du père de l'ex-artiste. Il prend une chaise, vient la poser près du fauteuil. Il la regarde. C'est vrai qu'elle donne l'impression d'être complètement déconnectée du monde qui l'environne. Les mains de l'aîné des Cherron sont moites. Son cœur frappe dans sa poitrine. Qu'est-il vraiment venu faire ici ? Il se sermonne intérieurement. Il ne doit pas démissionner avant de commencer. Il a semé une graine d'espoir dans le cœur d'une mère. Il se doit de tout tenter. Il se lance enfin :

- Bonjour, Myriam. Je m'appelle Marc, Marc Cherron. Vous ne vous rappelez sans doute pas de moi, nous nous sommes peu rencontrés. Je suis le frère aîné de Rémy.

Il cesse momentanément sa présentation avec l'espoir que le nom prononcé va éveiller quelque chose chez la femme en souffrance. Rien ! Pas un seul signe encourageant. Il poursuit :

- Je vous ai vue pour la première fois lors d'un concours d'œuvres éphémères sur la plage de…

Il a le sentiment que ses dernières paroles ont eu plus de chance que les précédentes. Myriam a bougé, mais cela n'a duré que l'espace d'une seconde. C'était presque imperceptible, tellement imperceptible qu'il se demande s'il n'est pas victime de son imagination en quête d'espoir.

- Vous m'avez impressionné. Vous sautilliez, reculiez pour jauger votre œuvre. Votre sourire était magnifique et votre dynamisme unique pour retourner à la création. Le trophée que vous avez remporté était amplement mérité.

Il s'arrête observant le comportement de cette femme toujours belle. Refusant de céder au découragement, il continue d'égrener les souvenirs communs :

- Ce soir-là, vous avez dîné entre mon frère Rémy et moi.

Il espère toujours que ce prénom ne peut que susciter une réaction. A nouveau le néant. Alors pourquoi continuer ? Pourquoi s'entêter ? Et pourtant il persévère :

- Nous étions, souvenez-vous, au restaurant du port.

Il se rappelle alors qu'elle lui avait demandé de la tutoyer... C'est plus sympa avait-elle précisé. Une idée germe dans sa tête : et si le tutoiement facilitait l'intérêt de Myriam ? Et si c'était cela l'idée de génie ?

- En parlant de Rémy, je veux te persuader qu'il a été trompé par mon père. Tu as dit à mon frère que tu attendais un enfant. Ça l'a pas mal chamboulé. Papa, après t'avoir rencontrée, lui a affirmé que cela était faux, que tu avais tout inventé dans l'espoir de le garder quand bien même Rémy t'avait quittée quelques jours plus tôt.

Il cesse momentanément le récit de leurs souvenirs. Myriam fixe, à s'en brûler les yeux, le jardin d'agrément. Aucune manifestation faciale. Pas le moindre mouvement. Est-ce volontaire ? Est-elle à ce point enfuie dans un monde qu'elle seule fréquente et peut fréquenter ? Il est tenté de se lever, de de remettre la chaise à sa place, d'abandonner. Il s'est cru fort, trop fort. Le psychiatre a raison. A chacun son métier. Se dresse alors devant lui le visage décomposé de Louise, la mère qui espère. Il rapproche quelque peu sa chaise du fauteuil, ses mots se veulent convaincants empreints de tendresse :

- Je te jure que tout ce que je te dis est vrai... Laurence... ta fille a fait un acte merveilleux. Pour nous alerter sur ton état actuel, elle s'est durant presqu'une semaine habillée exactement comme tu l'étais en juillet 2000. Tu te souviens, une longue robe décolletée bleue et blanche. Elle a, sur la même plage, tracé une œuvre absolument identique à la tienne. Tu l'avais intitulée vol au vent. Tu te souviens ? Cela en était troublant et même émouvant pour ceux qui t'ont vue ce même 14 juillet. Tout comme toi, également, elle sautille en observant l'évolution de son travail. Elle te ressemble. Elle est vive. Elle est belle, si belle qu'un garçon s'intéresse à elle et elle semble en être ravie. S'il te plait, Myriam, reviens parmi nous. Il y a plein de gens qui t'aiment… ta mère, ta fille… et d'autres aussi. Ils sont prêts à t'accueillir dans cette deuxième vie. Il faut oublier le passé.

Il se tait, conscient qu'il vient de proférer une bêtise. Non, rien ne s'oublie mais on s'arrange pour vivre avec.

On frappe à la porte sans que celle-ci s'ouvre. Marc comprend le message. Il se lève, repose sa chaise là où elle était puis se positionne entre la baie vitrée et la femme prostrée, le visage figé, les yeux pointés vers le néant. :

- Je reviendrai vendredi prochain. Je n'abandonne pas, Myriam. Je n'abandonnerai jamais.

Mû par il ne sait quelle force, il dépose un baiser sur chacune des joues de la malade :

- Je n'abandonnerai jamais.

Alors qu'il sort le visage tourné vers Myriam, il croit apercevoir un léger mouvement de tête :

- Au revoir Myriam. A vendredi prochain.

L'entretien qui suit est lapidaire. Marc reconnait n'être pas entré en relation avec Myriam, quoique... Quoique parfois il a eu le sentiment qu'elle l'écoutait et qui sait, qu'elle l'entendait. Le psychiatre offre une moue sceptique :

- Nous prenons souvent nos désirs pour des réalités mais...

- Je reviendrai docteur. Je suis persuadé que...

- Je ne peux pas vous en empêcher et puis je pense à sa mère. Faites attention monsieur, ne semez pas trop d'espoirs. Parfois ils font plus de mal que de bien.

- Je comprends et j'y veillerai, mais seuls ceux qui croient en leurs actes réussissent. J'ai parfois l'impression que vous avez jeté l'éponge. Je me trompe ?

- Cela n'engage que vous. Sachez que toute l'équipe reste mobilisée... Que nous accomplissons notre travail au mieux... Avec nos possibilités qui ne sont pas extensibles. Vous savez aussi bien que moi que la psychiatrie manque de moyens tout comme la médecine en général.

- Je reviendrai vendredi prochain et tous les vendredis qui suivront si nécessaire.

- J'aimerais bien savoir ce qui vous motive à ce point.

- Moi aussi.

Après cet entretien, il se rend chez Louise.

Il relate sa visite, sa déception mais surtout ses espoirs et sa volonté farouche de ne pas abandonner. Il ne veut rien promettre mais il ne veut pas non plus renoncer.

Après avoir siroté le café offert, il prend congé. La mère enserre dans ses mains celles du fils Cherron. Elle se hausse sur la pointe des pieds et l'embrasse tendrement sur les deux joues.

- Je passerai vous voir la semaine prochaine. Ne nous décourageons pas.

La vieille dame se contente de sourire.

Depuis que Béatrice lui a téléphoné pour l'informer que Laurence acceptait de le rencontrer en présence de Stella, il ressasse en permanence, les propos qu'il va tenir à sa fille. Et là, maintenant, devant la barrière de la maison basse à l'orée des pins, il a tout oublié.

L'angoisse !

Quelle allait-être la réaction de sa progéniture ?

La porte s'ouvre. Béatrice les accueille. Elle ne cache pas son contentement.

- Entrez, entrez, je vous en prie.

Laurence est debout, une main sur le dessus du canapé, droite comme un i. En se voyant l'adrénaline monte d'un cran chez le père et sa fille.

Silence !

Un silence pesant que Béatrice tente de briser.

- Vous voilà enfin réunis. J'imagine que ce n'est pas simple pour vous deux. Peut-être que ce serait moins compliqué si nous vous laissions seuls... Non ?

Les deux têtes s'agitent en même temps dans le sens négatif. Conscient qu'il faut que l'un des deux se lance, Rémy s'exprime en premier. Le ton n'est pas celui d'un homme sûr de lui qui vous rend sûr de vous, loin de là, mais il s'efforce de regarder Laurence droit dans les yeux :

- Je veux te dire que je suis très ému de te connaitre et très heureux aussi. Je te demande de me croire lorsque je te dis qu'il y a une semaine à peine, je ne savais pas que tu existais. Ta mère m'a bien dit qu'elle était enceinte, mais mon père qui l'a rencontrée ensuite m'a certifié qu'elle m'avait dit cela uniquement dans l'espoir que je reste avec elle et qu'il n'en était rien. J'ai eu le tort de le croire.

Laurence ne sait pas comment réagir. Son père, devant Béatrice, ne se permettrait jamais de dire une chose pareille si cela était faux. Rémy attend. Il ne sait pas s'il doit continuer à expliquer, à se dédouaner. Il est désarçonné. La jeune fille se ronge un ongle, se demandant ce qui la retient de se jeter dans les bras de cet homme qui semble honnête. Béatrice vient à leur secours :

- Lorsque ta mère m'en a parlé, Laurence, elle m'a fait promettre de ne rien dire à Rémy Il avait rompu avec elle. Elle ne l'avait pas informé plus tôt par peur d'elle ne savait quoi. Elle aurait dû. Elle allait assumer. Tout comme Rémy avec son père, je l'ai crue. Ensuite elle m'a fait promettre d'attendre ta majorité pour faire quoi que ce soit. C'est lorsque sa santé s'est franchement dégradée que je me suis sentie coupable de n'avoir rien révélé. Ton père n'est pas un menteur. Tout ce qu'il t'a dit est vrai.

Instinctivement Rémy écarte ses bras. Sans réfléchir Laurence s'y réfugie. Il enserre les épaules de sa fille, sa main droite caresse son omoplate, les deux têtes se rejoignent. L'émotion gagne Stella et Béatrice. Silence. Mais ce n'est plus un silence pesant, c'est un silence libérateur, plein de promesses. Ils restent très longtemps, comme s'il n'était plus possible de se séparer, à moins que ce soit pour laisser aux larmes qui coulent sur leurs joues le temps de sécher. Les deux corps s'éloignent enfin, sans violence, sans précipitation. Ils se donnent le droit de se regarder, de s'émerveiller. Laurence ne prononce qu'un seul mot :

- Merci… papa.

Rémy fait un signe à Stella. Elle s'approche de lui, prend sa main tout en offrant à Laurence un regard complice. Le père rassuré, s'exprime à nouveau :

- Nous voulons te dire autre chose. Tu es ma fille et cela nous ferait plaisir à Stella et à moi que tu considères notre maison comme la tienne. Tu pourras y venir quand tu voudras, aussi longtemps qu'il te plaira. Tu y auras ta chambre à toi. Nos deux enfants te considéreront comme une demi-sœur, nous le savons. Tu pourras bien évidemment aller également chez ta grand-mère maternelle quand il te plaira. Je le sais aussi. C'est une femme remarquable, je l'ai rencontrée deux fois.

Laurence est abasourdie. Elle est comme dans un rêve... Un rêve éveillé. Jamais elle n'a imaginé pareille conclusion, même dans ses espoirs les plus fous. Incapable de faire un seul pas, elle reste paralysée. Le bonheur est trop intense. Il l'envahit, la pétrifie. Mue par une force qui la dépasse, elle se réfugie enfin entre son père et Stella. Moment irréel. Instant qui réjouit Béatrice contemplant la scène qui s'offre à elle. Le temps s'est arrêté. Ils sont seuls au monde. Radieux.

Dans la grande salle du conseil d'administration, cernée de tables disposées en ovale, tout le monde est présent. Le climat est tendu. On perçoit une sourde inquiétude créée par le libellé de la convocation :

Je vous invite à participer à une réunion du conseil d'administration extraordinaire qui se tiendra le samedi 12 novembre prochain à 15 heures dans la salle des conseils, au cours duquel nous débattrons de l'avenir de la société. Je conçois que je vous informe un peu tardivement mais l'urgence de la situation l'impose bien que je n'ignore pas que cette réunion se situe au milieu d'un long week-end. En souhaitant malgré tout votre présence.

Signé. Xavier Cherron.

Il faut dire qu'il y a de quoi s'interroger, et s'inquiéter d'autant plus que ce n'est pas une procédure ordinaire de la part du P.D.G qui n'a pas la réputation d'être un homme à paniquer et encore moins à convoquer en urgence. Le dernier conseil extraordinaire a eu lieu une vingtaine d'années plus tôt, juste avant la fusion avec France Pêche.

A quinze heures précises la cloche qui annonce depuis cinquante ans le début des débats tinte, agitée par une main qui parait fébrile. Le patriarche est debout, l'air grave, ce qui n'est guère rassurant :

- Bien ! Bonjour à tout le monde et merci d'avoir répondu aussi nombreux à mon invitation. Je conçois que certains d'entre vous se soient inquiétés. Je vais tout de suite vous expliquer ce qu'il en est. Vous m'avez souvent entendu dire que l'entreprise passait bien avant les intérêts et agissements personnels pouvant mettre en péril la société. Aujourd'hui, c'est de moi qu'il s'agit. Il y a vingt ans, une jeune femme m'a fait une sorte de chantage. Elle prétendait qu'un membre influent du personnel avait rompu sa relation intime alors qu'elle attendait un enfant de lui. Renseignements pris, le jeune homme en question ignorait totalement l'état de son ex-compagne lorsqu'il a pris la décision d'interrompre cette liaison. J'ai voulu me montrer magnanime et j'ai consenti à lui verser une somme pas phénoménale mais substantielle qu'elle a acceptée sans rechigner ce qui m'a fait penser, à l'époque, que c'était le but qu'elle poursuivait. Samedi et lundi dernier le journaleux local du quotidien régional a pondu deux articles incendiaires que certains ont sans doute lus. ... Vingt ans plus tard ! Aujourd'hui j'ai soixante-quatorze-ans. Mon envie de me battre s'est émoussée avec l'âge. J'ai donc décidé de démissionner et...

La salle s'emplit d'un certain murmure. L'orateur lève les deux bras en signe d'apaisement :

- Permettez-moi de poursuivre. Vous savez mon attachement à notre établissement qui, soit- dit en passant, se porte à merveille. Il me semble qu'il est temps pour moi de passer la main et ainsi de couper court à toute manœuvre pour nous nuire. Trois jeunes personnes dont deux connaissent parfaitement la maison se sont proposées pour prendre le relais. Il s'agit de Stella, de Rémy, vous les connaissez tous les deux, mais également de Marc mon fils ainé qui quitterait ses fonctions politiques pour former ensemble une sorte de triumvirat. Ils m'ont avant-hier présenté un projet alléchant et plus en adéquation avec notre temps. Je vous demande donc d'accepter ma démission et de prendre connaissance du projet qu'ils ont élaboré. Si vous l'agréez, j'en serai ravi. Dans le cas contraire, nous devrons trouver ensemble une solution. Voilà. J'invite donc les trois prétendants à prendre la parole.

L'ex P.D.G. de France Pêche lève le bras droit et demande à intervenir :

- Je n'ai aucune objection à faire, bien au contraire mais avant d'entendre les éventuels repreneurs, je veux souligner l'immense travail réalisé par Xavier Cherron. Il s'est pendant des années dépensé sans compter pour que notre société prospère sans cesse jusqu'à devenir l'une des trois plus importantes de la façade atlantique. Il a amplement mérité de partir à la retraite, lui qui, contrairement à la revendication actuelle, n'a jamais trouvé son travail pénible, bien que ce ne fût pas toujours une promenade de santé.

Acquiescements unanimes. Applaudissements fournis. Le grand patron n'a jamais été considéré comme une âme sensible mais, là, à ce moment précis, il retient ses larmes. :

- Merci, merci de tout cœur. Maintenant écoutons les auteurs du projet de reprise.

Tous les yeux convergent vers le groupe désigné étalant devant chacun d'eux le contenu d'épais dossiers. Rémy prend la parole en premier en faisant preuve d'une maitrise exceptionnelle. Les trois supposés repreneurs, pendant près d'une heure et demie, exposent dans le détail l'ensemble de leurs propositions. L'auditoire est tout ouïe. Le patriarche cache habilement sa satisfaction, devoir de neutralité oblige. Juste avant de terminer leur topo, Marc précise qu'il y a un petit changement par rapport à ce qu'ils ont présenté l'avant-veille :

- Contrairement à ce que nous avons développé à notre père, je ne démissionnerai, en cas d'accord de votre part, que de ma fonction de vice-président du Conseil Régional. Il nous a semblé important que je conserve la représentation communale. Il nous est apparu intéressant qu'un gestionnaire d'entreprise soit également engagé dans la vie publique locale.

Les applaudissements qui suivent la prestation présagent un consentement largement majoritaire. Le triumvirat veut jouer la carte de la démocratie à fond. Stella annonce que c'est maintenant le temps des questions et des échanges. Les rares intervenants ne s'expriment que pour témoigner leur accord… inconditionnel. Tous sont persuadés, sans l'exprimer ouvertement, que le patriarche sera derrière ses favoris ce qui donne encore plus de force au dossier de reprise. Xavier Cherron exige toutefois un vote à bulletins secrets afin de couronner, comme il se doit, le travail de ses supposés poulains. Unanimité ! Sauf bien évidemment les abstentions des porteurs du projet.

Le patriarche remercie l'assemblée mais souhaite une ultime faveur :

- J'aimerais que le résultat de ce vote tout comme la discussion qui l'a précédé reste secret au moins jusqu'à lundi matin. En effet, je vais intervenir auprès du quotidien régional pour que Ramin, notre correspondant local, ne soit pas au courant et que l'information soit délivrée par un journaliste spécialisé et professionnel dans l'édition de lundi. Cet énergumène a voulu nous faire beaucoup de torts. Le déposséder de cette nouvelle info le remettra à sa juste place. Je reconnais volontiers que je plaide pour une petite vengeance personnelle mais je suis persuadé que vous me comprendrez.

Le buffet qui suit est à la hauteur du déplacement des membres du CA et de la décision qui vient d'être prise.

Une fois les participants à la réunion partis rejoindre leurs pénates, restent seulement les nouveaux patrons de l'entreprise et l'ancien. Marc s'adresse alors à son père :

- Je peux te poser une question ?
- Bien sûr.
- Quand et pourquoi as-tu changé d'avis ?
- Comment cela ?
- Avant-hier, tu voulais continuer à te battre et là...
- J'ai réfléchi, voilà tout.
- Tu as pu remarquer que nous avons tous les trois caché notre étonnement, mais la surprise a été grande.
- J'ai vu, oui et cela m'a conforté dans ma décision de démissionner. Vous m'avez montré que vous êtes capables de sang-froid. C'est indispensable lorsque l'on aspire à un poste de dirigeant. Les raisons... Je les ai données... mon âge... La peur que ce salaud de Ramin nuise à l'entreprise... L'exemple de ton père, Stella, qui a su partir à temps. Cela te satisfait ?
- Mouais... admettons. En tout cas merci.
- Je vais téléphoner à quelqu'un que je connais un peu au journal pour obtenir ce que je désire

Xavier Cherron a obtenu ce qu'il voulait de l'inconnu qu'il a contacté au journal. L'article qu'il a lui-même dicté parait ce lundi matin 14 novembre. Bizarrement le village est beaucoup moins agité que lors des articles précédents.

Ramin ne décolère pas et menace de démissionner de sa fonction de correspondant. Comment peut-on lui avoir fait pareille vacherie après qu'il ait écrit deux articles pertinents sur le sujet ? Sa seule satisfaction c'est d'avoir contribué à la démission du vieux tyran. Au moins un point positif et tout à son honneur.

Pierre Otton, est dubitatif. Le représentant du capitalisme sauvage fout le camp et c'est déjà une bonne nouvelle. Ses successeurs ? Il faut voir et attendre. Il est possible que cela, d'après ce qu'il a cru comprendre, modifie la gouvernance de la boite. Ils sont plus jeunes, plus au fait des managements actuels. Il veut y croire. Il trouve dommage que Marc ne démissionne pas de son poste de maire, mais bon, on ne peut pas tout avoir.

La nouvelle laisse Martine indifférente. Elle est rassurée par le fait que Marc conserve la mairie. Elle ne voit personne capable actuellement de le remplacer. L'arrivée de la jeunesse au pouvoir ne peut que faciliter une amélioration pour les ouvriers. Les trois qui remplacent l'ancêtre sont plutôt des gens sympathiques.

Alexandre est sur la même longueur d'ondes que son aïeule. Toute cette histoire ne le concerne pas. Ce qui le tracasse beaucoup plus c'est que théoriquement ses parents viennent le chercher en milieu de semaine et que cela signifie qu'il va être séparé de sa dulcinée et ça... Il a du mal à l'envisager. Il cherche un moyen pour retarder l'échéance tout en reconnaissant qu'il va perturber sa mère. Compliqué ! Il doit aussi reprendre sa scolarité quoiqu'il ne se fasse aucune illusion, cela sera très dur de raccrocher les wagons après deux mois d'hospitalisation et de convalescence. L'année scolaire est foutue. Et puis il n'envisage plus de poursuivre ses études de professeur d'histoire.

Béatrice est aux anges. Elle n'aime pas beaucoup le vieux Cherron. Il n'a que ce qu'il mérite... un point c'est tout. Ce n'est pas elle qui va le plaindre. Sûrement pas. L'avenir de Laurence la préoccupe beaucoup plus. Elle est en rupture scolaire, semble ne s'intéresser à rien si ce n'est à sa relation avec Alexandre et éventuellement à l'école des beaux-arts. Il est vrai que cela correspondrait mieux à sa passion. Son environnement familial ne se prêtait guère, jusqu'à ce jour, à un suivi sérieux d'une spécialité professionnelle malgré l'amour de sa grand-mère maternelle. Maintenant tout peut changer. Rémy et Stella ont promis de l'aider et de veiller à son avenir. Il faut laisser du temps au temps.

Laurence est sur un nuage. Elle aime Alexandre. Elle a retrouvé son père qui veut s'occuper d'elle. Stella fait preuve de beaucoup de délicatesse à son égard. Comment vont réagir leurs enfants ? Marc a promis de rendre visite à sa mère toutes les semaines. Elle ne croit pas au miracle, mais au moins sa pauvre génitrice va connaitre un semblant de relation avec un homme décidé à l'aider.

Madame Cherron mère est ravie. Elle va pouvoir profiter de son mari, peut-être même voyager, découvrir d'autres mondes, avoir enfin une vie intime pleine et entière. Mieux vaut tard que jamais. Et puis, elle a hérité d'une nouvelle petite fille et entend bien la chouchouter de temps en temps si elle est d'accord évidemment. Elle en a déjà parlé avec son fils qui n'y voit aucun inconvénient, bien au contraire.

Dans le village la nouvelle parue le matin même ne laisse pas la population indifférente mais ne soulève ni enthousiasme, ni colère. Xavier Cherron a soixante-quatorze ans... Il est temps qu'il prenne sa retraite. Il a été ce qu'il a été... Certains prétendent qu'il mérite ce qui lui arrive, d'autres qu'il a quand même été un employeur créateur de nombreux emplois et que, malgré son caractère, ses employés n'étaient pas si malheureux qu'ils le prétendaient. Par ailleurs la jeune artiste a retrouvé un père, une, voire deux familles. Tout cela finit donc plutôt bien. On pense à la mère qui est hospitalisée, mais elle n'est pas la seule dans son cas. Il y a des gens plus fragiles que d'autres. On relativise. Tout cela sera vite oublié, le temps faisant son œuvre.

Desrues toujours dans les Pyrénées refuse de téléphoner au village pour savoir ce qui s'y passe. Il veut vivre encore quelques jours, loin de ce panier de crabes. Il verra tout ça à son retour au pays.

Fourmont profite enfin du calme des petits matins devant son café.

La guerre entre l'Ukraine et la Russie se poursuit avec hélas son lot de morts et de destructions. Cela fait peur, mais qu'est-ce qu'on y peut ?

Du côté des prix cela ne s'arrange pas, mais là encore il semble que nous n'y puissions rien. Les gens, deviennent fatalistes. Jusqu'à quand ?

Douze mois plus tard

Tout est presque rentré dans l'ordre. Le temps a fait son œuvre. Il y a bien d'autres préoccupations : la vie chère, le mécontentement, les manifs, la violence, la vie quoi.

Le triumvirat se débrouille plutôt bien. Les salariés de l'entreprise ne se plaignent pas plus qu'ailleurs... pas moins non plus.

Laurence est entrée aux beaux-arts, Alexandre en école de commerce dans la même ville. Ils vivent ensemble dans un petit appartement, pas très loin du port, dont le loyer est pris en charge par les frères Cherron. Ils entendent les mouettes qui criaillent leur présence. C'est presque le bonheur. Ils sont reçus comme des rois par les familles Cherron, Malinge, par les deux grands-mères et évidemment par les Leneveu. La seule chose qui les empêche d'être pleinement heureux, c'est la santé de celle qui est toujours hospitalisée.

Marc, fidèle à sa promesse, rend inlassablement visite à Myriam tous les vendredis. Il lui arrive également le week-end de la sortir de la clinique pour faire un tour au bord de la mer, sur le port ou dans les jardins qui font la réputation de la ville. Il y a du mieux mais c'est long. Très long. Depuis quelques temps elle regarde Marc dans les yeux, elle sourit, accepte de se promener à son bras. Ses paroles sont rares, sa démarche plus ou moins hésitante selon les jours. Lui, il est amoureux de cette compagne blessée. Il ne l'abandonnera pas, quand bien même il sait qu'elle ne redeviendra jamais la femme vive qu'elle a été.

Rémy et Stella accueillent très régulièrement et chaleureusement Laurence et Alexandre. Les enfants du couple les considèrent comme des frères et sœurs. Rémy a parfois des moments de tristesse, qu'il sait cacher, en pensant au passé et à cette femme qu'il a aimée jadis et qui n'arrive pas à retrouver goût à la vie.

Madame Balmin a retrouvé un semblant de vie. Certes la santé de sa fille ne s'améliore que lentement, mais tout espoir n'est pas mort. Sa petite fille vit pleinement l'instant présent et le garçon qui partage son existence semble tellement amoureux. Elle remercie Dieu, chaque matin, d'avoir mis sur sa route Marc Cherron, un homme merveilleux.

Martine voit régulièrement ceux qu'elle surnomme les tourtereaux lui rendre visite. Elle est heureuse de les voir heureux. Cela suffit à son bonheur.

Xavier Cherron et son épouse profitent effectivement de la retraite de monsieur. Ils voyagent : un mois au Québec qui les a, malgré le froid, enchantés, quinze jours en Italie à Florence et sa région, si belle, si lumineuse, quinze autres jours au Maroc, si chaud, si exotique. Ils ont d'autres projets. Xavier, de temps à autres, discute avec ses fils et sa belle-fille. Il a parfois la nostalgie du temps où il dirigeait ce que certains appelaient son œuvre, mais la marche arrière est impossible, alors il se contente de constater que l'entreprise se porte plutôt bien... en tout cas pas plus mal. Son épouse est ravie de sa nouvelle situation : son mari plus souvent à ses côtés. Ses petits-enfants, y compris Laurence avec laquelle elle partage l'art de créer, l'enchantent et lui font aimer la vie. Sa seule blessure est de voir son fils ainé follement amoureux d'une femme qui ne le rendra jamais pleinement heureux.

Béatrice serait totalement satisfaite si son amie Myriam avait repris un semblant de vie ce qui n'est pas le cas, mais elle ne désespère pas. Marc sait être patient et elle veut croire qu'un jour... Sa fille Josie, a enfin trouvé le garçon qu'elle cherchait enfin peut- être... Elle n'est pas très sûre que ce soit vraiment celui-là.

Les parents d'Alexandre auraient aimé une autre compagne pour leur fils. Ce n'est pas que Laurence soit désagréable mais son caractère parfois fantasque les déboussole un peu. Lui semble heureux et c'est bien le principal.

Ramin ne s'est jamais remis vraiment de l'affront subit. Il en veut au clan Cherron. S'il n'a pas démissionné de sa fonction de correspondant du journal c'est qu'il espère secrètement qu'un jour, il pourra assouvir la vengeance qui le taraude régulièrement.

Desrues tente d'oublier qu'il est sans doute à l'origine de tout ce qui est arrivé. Voilà ce que c'est que de vouloir plaire aux gens que l'on aime bien. Il se console en estimant que tout est rentré dans l'ordre… ou presque.

Pierre Otton s'il ne se plaint pas trop des repreneurs, plus conciliants que leur prédécesseur, n'en reste pas moins attentif. Un patron reste un patron et les fils finissent souvent par ressembler aux pères. La vigilance est donc de mise. Il s'est fait une raison. Il ne sera jamais à la tête du conseil municipal.

Fourmot continue, toujours et encore, de siroter son café, tout en appréciant le calme des petits matins.

Jules Ronan ne se promène plus nu comme un ver. Un soir de décembre où il était encore plus ivre que d'habitude, il est tombé dans le port. On a retrouvé son corps au petit matin coincé entre deux bateaux. Le seul hommage qu'il reçut fut livré par une vieille femme qui semblait bien le connaitre :

- Il est arrivé sur la terre nu, il en est reparti dans le même appareil.

Paix à son âme.

**On oublie rien de rien
On oublie rien du tout
On oublie rien de rien
On s'habitue, c'est tout.**

Jacques Brel

Fin

La photo a été prise par mon épouse sur la plage près du port de Port Bourgenay en Vendée. La jeune femme que l'on voit tracer une œuvre éphémère est ma belle-fille Miho.

Ce roman est une pure fiction. Les noms, prénoms et qualités des personnages sont également fictifs, couchés sur les pages au gré de mon imagination.

J'ai cité des phrases d'auteurs de romans ou œuvres diverses qui m'ont inspiré lors de mes lectures. Je les cite par ordre alphabétique :

Michel Audiard.
Jacques Brel.
Yvon Derveault.
Jean Jacques Goldman.
François Mauriac.
Charles de Montesquieu.
André Signard.
Jules Vernes.

14 juillet 2000, la municipalité organise un concours d'œuvres éphémères sur la plage de la Crique. Myriam Balmin, jeune femme de vingt ans est primée et reçoit des mains du maire, Marc Cherron, le trophée ainsi qu'un chèque de mille euros.

Début novembre 2022, une adolescente trace également une œuvre éphémère sur cette même plage. Ce qui interroge ceux qui passent sur le sentier surplombant la crique c'est que l'artiste trace tous les jours ce motif strictement identique à celui de l'an 2000. La bizarrerie ne s'arrête pas là. L'artiste est brune aux yeux verts comme celle du second millénaire mais elle est également vêtue de la même robe.

Etrange !

Ces similitudes interrogent la population notamment un jeune homme venu passer sa convalescence chez sa grand-mère, et le correspondant local de la presse régionale.

Quel but poursuit la jeune femme ? Quel message veut-elle transmettre ?

Troublant !

Né en 1946, à Trémentines dans le Maine et Loire, Joël Pelé est marié, père de quatre enfants et grand-père. Il signe son 9ième roman.

Après une carrière auprès de personnes souffrant de handicap mental, il est aujourd'hui à la retraite. Passionné de théâtre et de littérature, il écrit pour le plaisir mais également pour partager, avec ses lecteurs, sa sensibilité sur des sujets qui, même à travers le temps, sont toujours d'actualité